ルポ

戦争の傷痕は語り続ける

土地の記憶

目次

ルポ　土地の記憶〈目次〉

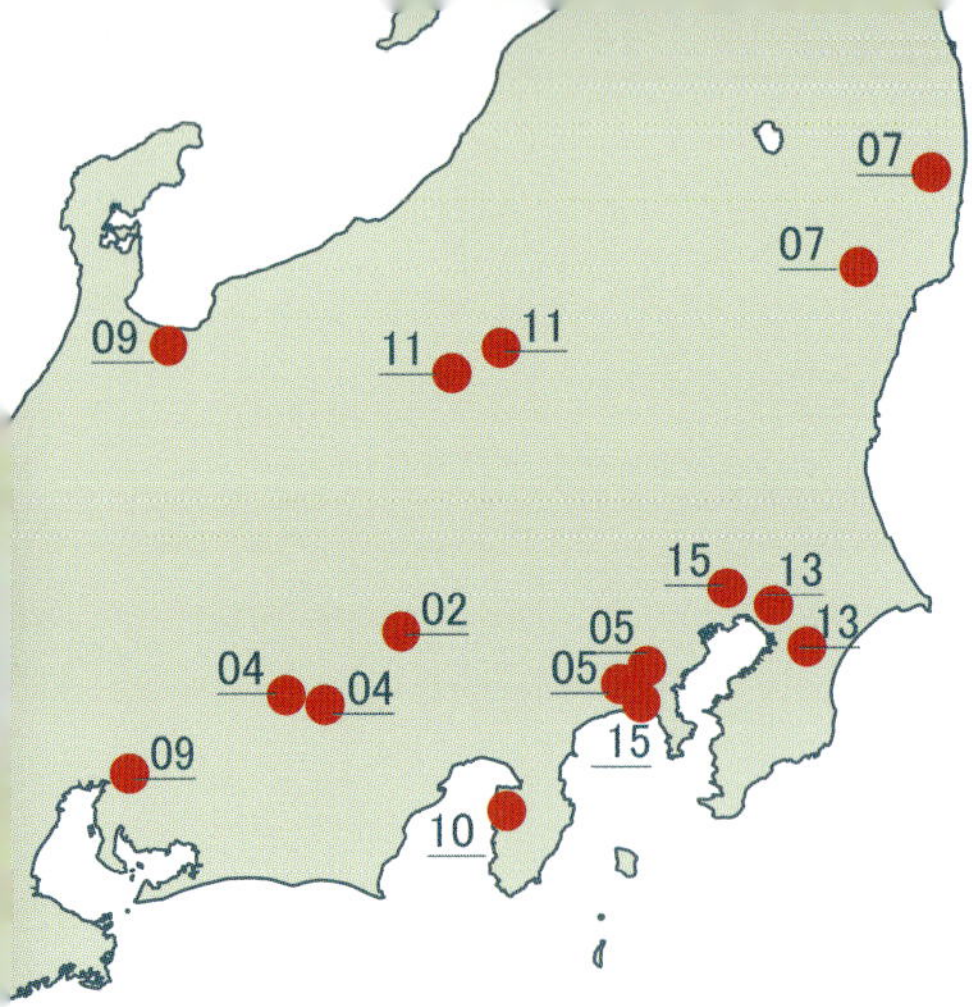

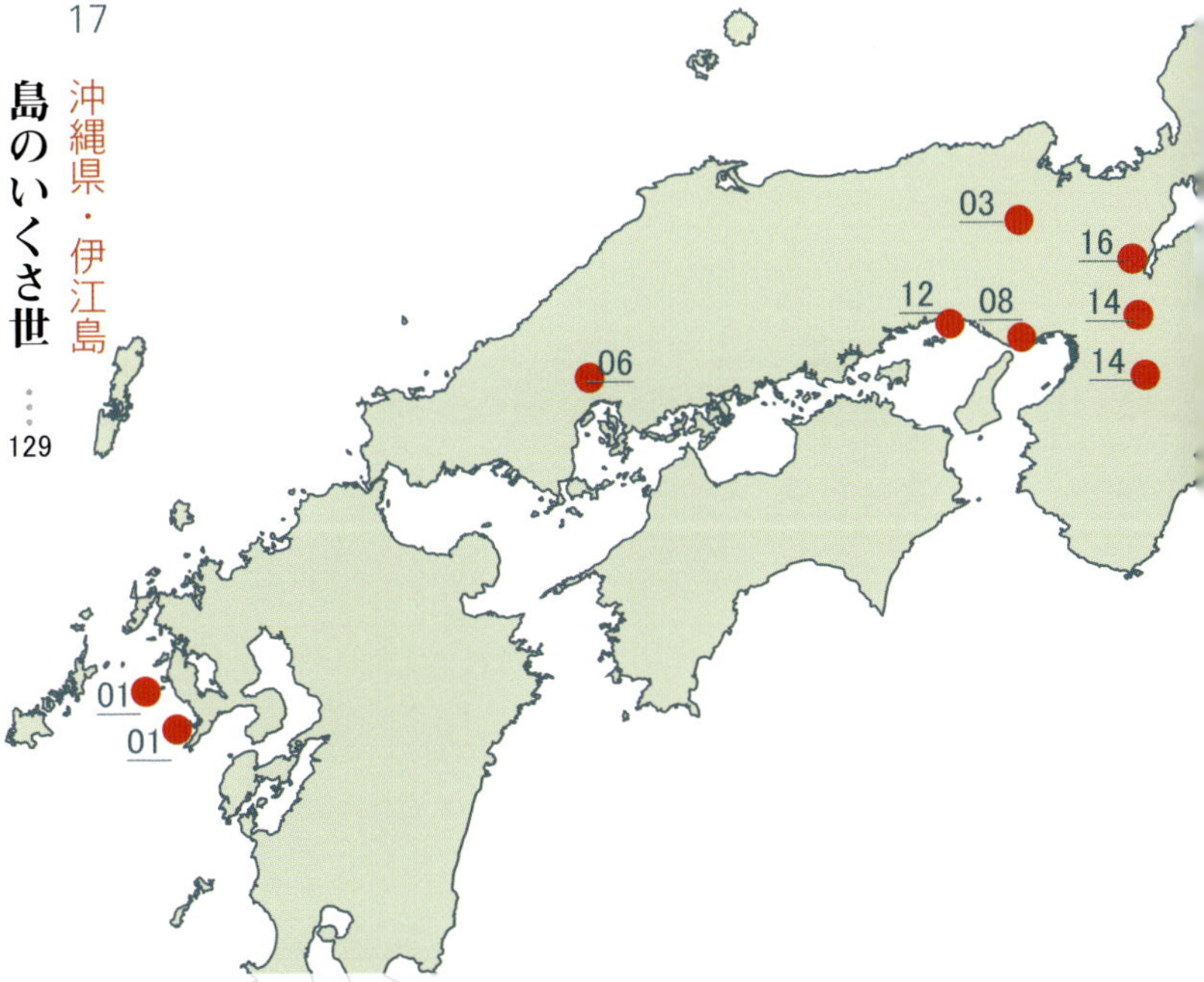
03
16
12
08
14
14
06
01
01

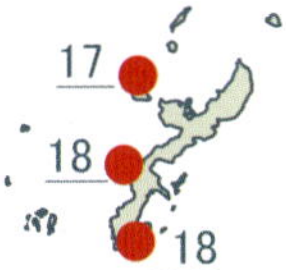
17
18
18

はじめに

どこか知らない村や町をあてもなく旅しながら、その土地の話を聞くのが好きである。いつしかテーマが戦時中のことになり、15年ほど前からは、各地に伝わるアジア・太平洋戦争の話を聞いて回っている。こういった話には、国や民族が持つ記憶もあれば、個人的な記憶もある。そしてまた、土地（地域）が持つ記憶もあるのではないだろうか。

不思議なもので、生まれ育った土地やよく知っているはずの街でも、過去の歴史を聞くと、風景がそれまでと違って見えることがある。知らないことを知ることは、比喩ではなくほんとうに目が開かれることなのだなと思う。

日本の各地に眠る、知られざる戦争の話を8年前の２０１０年、『悼みの列島　あの日、日本のどこかで』（社会評論社）にまとめた。本書は、その続編になる。まだまだ訪ねたい地域があったので、前作の出版後も足を運び続け、幸いにもまた新たな一冊として出版できることになった。前作は23章、今回は18章、もちろんまだまだ訪ねきれない場所もあって、すべてを網羅したわけではないのだが。

土地の歴史を掘り起こし、被害者の身元をつきとめたり、碑を建てて追悼を続けているのは、それぞれの地域の人たちだ。よほど大きな出来事でない限り、残そうとしなければ消えてしまう記憶も多い。埋もれていた大小の戦争の破片のようなものを大切に拾い集め、伝えてきた人びとがいた。そのことが、どこの土地へ行ってもよくわかる。私はそのエッセンスを頂戴した。日本各地にちらばる記憶をつなぎ合わせることで、戦争の時代の何かが浮かびあがって見えてくるのではないかと思ったからだ。本書の主題を『土地の記憶』としたが、土地の記憶とはその土地に暮らす「人びとの記憶」でもある。

この国であった戦争が語り継がれるとき、その内容のほとんどは「日本人である『私たち』の被害」である。地上戦が行われた沖縄、空からの新型爆弾攻撃を受けた原爆、東京大空襲、そのほかにも都市部で多くあった数々の空襲。二度と繰り返してはならない悲劇を次の世代に語り伝えることが大切なのは言うまでもない。と同時に、この国には他民族の血や涙を吸い込んだ記憶がいくつもあり、戦争中に日本の若者が兵隊に取られていなくなった代わりに朝鮮人、中国人、連合国捕虜が日本の戦争に協力させられ、炭鉱や港、飛行場、地下工場などで働かされたことからも目を背けてはいけないと思う。

日本列島を訪ね歩くと、数え切れない強制労働の現場で多くの人びとが人として扱われなかったり、生命が無残にも奪われた証しと出合う。「日本人ばかりではない『誰か』の被害」である。

そんな人たちの声にも耳を澄ませながら、あの戦争は何だったのかと問いかけ、本書をお読みいただければ幸いである。

●年表で見る「明治150年」（〜1945年）明治〜アジア・太平洋戦争

国内のできごとを黒字、朝鮮・中国などとの関係を赤字で示した。

1868年	王政復古の大号令　明治改元
1869年	版籍奉還
1871年	廃藩置県　岩倉具視ら遣欧使節団派遣 清国との間で日清修好条規
1872年	琉球藩を設置　鉄道開通（新橋〜横浜間）
1873年	徴兵制公布　地租改正　征韓論争
1874年	屯田兵制度 日本政府が台湾に出兵（＊1）
1875年	ロシアとの間で千島樺太交換条約 日本、朝鮮に開国を迫り江華島で攻撃
1876年	神風連の乱　秋月の乱　萩の乱 朝鮮との間で日朝修好条規を締結、朝鮮開国（＊2）
1877年	西南戦争
1879年	琉球藩を廃止し沖縄県に（琉球処分・琉球王国滅亡）
1880年	自由民権運動活発に　集会条例公布
1881年	自由党結成
1882年	軍人勅諭　立憲改進党結成 朝鮮で軍隊が日本公使館襲撃（壬午軍乱）

1884年	加波山事件　秩父事件 朝鮮でクーデターが起こり清が鎮圧（甲申事変）
1885年	伊藤博文初代内閣総理大臣に　福沢諭吉が脱亜論
1886年	この頃、第一次企業勃興（好況）
1887年	保安条例公布（自由民権家を追放）
1889年	大日本帝国憲法公布
1890年	第一回帝国議会　教育勅語
1894年	日本海軍連合艦隊編成 朝鮮の東学農民戦争に派兵（＊3）日本軍朝鮮王宮占領　日清戦争始まる
1895年	清国との間で下関条約　三国干渉　朝鮮の閔妃を暗殺（＊4）
1896年	八幡製鉄所建設　第二次企業勃興
1897年	日本経済が恐慌に（〜1900年） 朝鮮、国号を「大韓帝国」に改める
1900年	中国の義和団事件に日本を含む8カ国が出兵し鎮圧
1902年	イギリスとの間で第一次日英同盟
1904年	日露戦争始まる　第一次日韓条約（韓国に日本人顧問を置く）（＊5）

1905年	日露がポーツマス条約調印 第二次日韓協約（韓国の外交権を剥奪）韓国統監府設置
1906年	日本が南満州鉄道設立
1907年	第三次日韓協約（韓国の軍隊を解散）
1909年	安重根が伊藤博文を暗殺
1910年	大逆事件 韓国併合　朝鮮総督府設置
1911年	中国で辛亥革命起こる
1912年	（大正元年） 朝鮮で土地調査事業（＊6）を行う
1914年	内閣弾劾国民大会で国会議事堂包囲 第一次世界大戦に参戦　ドイツ領の南洋諸島、青島占領
1915年	日本がオリンピック（ストックホルム）に初参加 中国に対華二十一カ条の要求を行う（＊7）
1917年	石井・ランシング協定（満州での権益を米国が承認）
1918年	米騒動 シベリア出兵
1919年	関東軍司令部条例公布（関東軍設置） 朝鮮で三・一独立運動　中国で五・四運動起こる（＊8）
1920年	国際連盟に加入　戦後恐慌　尼港事件
1923年	関東大震災（朝鮮人、中国人、社会主義者など虐殺）

1925年	治安維持法公布　普通選挙法公布 中国の五・三〇事件に日伊米英が陸戦隊を派遣
1926年	（昭和元年） 中国で蒋介石が北伐開始
1927年	金融恐慌　モラトリアム 日本の第一次山東出兵（＊9）
1928年	共産党大量検挙　治安維持法改正（最高刑を死刑に） 第二次、第三次山東出兵　済南で戦闘　青島に出兵　張作霖を爆殺
1930年	台湾霧社事件
1931年	三月事件、十月事件などクーデター未遂事件 満州事変
1932年	血盟団事件　五・一五事件　リットン調査団報告書 日本が「満州国」設立　第一次上海事変　日満議定書
1933年	国際連盟総会が日本の満州からの撤退勧告案を可決。日本は国際連盟脱退
1936年	二・二六事件　日独防共協定 ハルビン近郊に七三一部隊を設置
1937年	日独伊防共協定 日中戦争　南京事件（南京大虐殺）
1938年	国家総動員法 中国の重慶を爆撃（軍慰安所大量設置始まる）
1939年	ノモンハン事件　国民徴用令 「創氏改名」民事令改正公布 朝鮮人労務動員「募集」、強制連行始まる

1940年	日独伊三国同盟　大政翼賛会
1941年	戦陣訓　日ソ中立条約　南部仏印進駐　太平洋戦争
1942年	ミッドウェー海戦 朝鮮人労務動員「官斡旋」　「華人労務者内地移入ニ関スル件」を閣議決定
1943年	ガダルカナル島で敗北　アッツ島玉砕　学徒出陣 東京で大東亜会議

1944年	サイパン、グアムで日本軍全滅　沖縄十十空襲 朝鮮人労務動員「徴用」　女子挺身勤労令公布・施行
1945年	東京大空襲　沖縄戦　広島長崎に原爆　ソ連参戦 ポツダム宣言受諾 植民地解放

注記解説

（＊1）日本が近代国家として行った初の海外派兵。

（＊2）江華島事件の翌年に結んだ日朝修好条規は日本の治外法権が定められ、関税自主権が否定されるなど、かつて日本が列強と結んだ不平等条約にならうものだった。

（＊3）朝鮮の東学農民戦争では在留邦人保護を名目に派兵。

（＊4）親露派の朝鮮の明成皇后（閔妃）を日本の三浦梧楼公使らが暗殺した。

（＊5）日露戦争を機に大韓帝国と第一次～第三次日韓協約を結び、日本人の顧問受け入れを認めさせ、韓国の外交権を奪って保護国化し、韓国の軍隊を解散させ、その後韓国併合で植民地化を完成させた。

（＊6）朝鮮総督府による植民地農政で、日本人の土地所得が進み、朝鮮の人びとは小作人になったり土地を失う人も多かった。日本に働きに来るきっかけにもなった。

（＊7）第一次世界大戦中に日本はドイツの中国・山東省の権益を日本が引き継ぎ、旅順・大連などの租借期限の99カ年延長、南満州と東部内蒙古の権益などを承認させた。これは中国で反日運動を燃え上がらせ、五・四運動にもつながった。

（＊8）パリ講和会議でウィルソンが民族自決を提唱、各国で独立運動が盛んになる。朝鮮の三・一独立運動は日本の弾圧に遭い虐殺事件なども起きた。

（＊9）中国で蒋介石率いる国民革命軍が北伐を開始、日本は在留邦人保護を名目に山東地方への出兵を行った（第一次～第三次山東出兵）。中国での日本の覇権主義が加速。

島にまつわる歴史実話

□長崎県・軍艦島、伊王島

●鉄筋コンクリートの高層住宅

軍艦島の正式名称は「端島《はしま》」という。海に浮かぶ姿が、軍艦「土佐」に似ていることからそう呼ばれるようになった。長崎の小さなこの島には、海底炭鉱で富をたくわえた時代があった。

2015年、世界文化遺産に登録され、ここ数年ですっかり有名になった島である。近くの高島、伊王島などにも同じように炭鉱があった。

石炭が重宝され国を、そして人びとの暮らしを潤した「いい時代」の記憶もこの島にはあるだろう。

同時に戦時中、全国の多くの炭鉱がそうであったように端島の炭鉱にも重苦しい歴史があった。

2010年にはすでに年間9万人もの観光客が端島に上陸したとのことであった。私が訪れたのは11年2月。世界遺産登録への期待がささやかれていた頃だった。

廃墟好きの瞳、輝く

冬の長崎は寒いだろうか。ありったけの防寒着を詰め込んで飛行機に乗った。長崎の街は春節祭で賑わっていて、とりわけ中華街の周辺はピンクや黄色、色とりどりの提灯（ランタン）が異国情緒を漂わせ、冷え切った街を暖かそうな光でつつんでいた。

インターネットで事前に軍艦島ツアー参加を申し込んでいた。クルーズ船に乗って行くのだが当日、もし悪天候だったり波が高い場合は上陸できないこともあるとのこと。これればかりは運を天に任せるしかない。

幸いなことに、ツアーの日は穏やかな晴天に恵まれ、クレーンや船のドックが並ぶ長崎港を後にして船は憂いもなく海上を進んでいった。ツアー参加者は20代、30代が中心で、女性のグループもけっこう見受けられた。

長崎港を出て30分ほど経っただろうか、船は端島に近づいていった。島というよりはまさに大海に艦船が浮かんでいるようだ。

ツアーガイドに先導されて簡素な桟橋を渡り、上陸。「わーっ、すごい!」「何これ、かっこいい」カメラを向けて興奮ぎみのツアー客たち。私も夢中になってシャッターを切っていた。コンクリートの塊に覆われ、木が生えていない人工の島。いまは無人島である。

石炭の生産施設の跡、小・中学校や鉄筋のアパート……ガラスというガラスはなくなり、住む人を失った鉄筋は黒ずみ、崩落し、すさまじい骸をさらしていた。よくこんな島を作ったものだという驚きと、そこに大勢の人が暮らしていたことのノスタルジー、人のぬくもりが去った建物はここまで廃れていくものなのかとの悲哀……。いろんなものが交互にわき上がってくる。廃墟に心ゆさぶられる人たちの気持ちがよくわかる。

江戸時代に石炭が発見されたときには、ここはまだ島というよりは岩の瀬にすぎず、佐賀藩が細々と採炭をしていたという。1890年（明治22年）に当時の金額10万円で買い取り、大規模な海底炭鉱開発を進めたのが、三菱鉱業だった。埋め立てて島へと大きく広げ、早くも1916年には日本初の鉄筋コンクリートの高層住宅が建設された。そうして石炭で戦前~戦後の日本経済の発展にひと役買った。

端島の炭鉱の最盛期は戦後の1960年頃だそうだ。周囲1200メートルの島には5000人以上の人たちが住んでいた。当時の人口密度は世界一。東京の約9倍だったというからびっくりだ。人びとの暮らしはよそより裕福で、当時まだ珍しかったテレビが一家に一台据えられ、島の学校のプールからは子どもたちの明るい声がこだましていた。病院や神社、映画館もあったという。いまは色を失った島の全盛期は、どんなに鮮やかだったことだろうか。

端島へいつかは行ってみたいという気持ちが、「この時期に行かなくては」との決心に変わったのは、フランス文学者であり長崎の近現代史を研究している高實康稔《たかざねやすのり》さん（注1）から連絡をもらったからである。

戦時中、端島や高島など長崎の島々では、戦場に行かされた男性たちの代わりに、日本人工夫のほかに中国人、朝鮮人（注2）が働かされていた。その当時、端島で働いていた韓国の男性が、端島へやってきて当時の体験を語ってくれるとのことだった。実際に戦争被害者が現地を訪れること自体が少なく、そのような機会は戦争を知る人びとが高齢化するにしたがい年々失われていく。証言をその場で聞くことができるならば、何としても出かけたい。

韓国からやってきた男性は、名前を崔璋爕《チェチャンソプ》さんと言った。崔さんが端島に上陸する時に同行できなかったので、私は一般のツアーに参加し、崔さんには後ほ

どインタビューさせてもらうことになった。

崔さんはつぶやいた。「死の島、アンニョン」

崔璋燮さんは1928年、全羅北道の益山《イクサン》の生まれ。痩せてはいるが骨の太そうながっちりした体格には、年齢を感じさせない気力がみなぎっていた。日本から解放されて以来、端島に再び足を踏み入れたことについて崔さんは、「廃墟に立っていろんな思いが混ざり合い、涙が出そうだった」。そう言って、過ぎし日々を話し始めた。

「高等国民学校に通っていた1943年2月に、14歳で日本に連れて来られた。当時、私の兄が募集に応じず逃げ回っていたので、代わりに父がまず北朝鮮の炭鉱へ送られた。私はまだ子どもだったが『お前の兄が反日だから』と言われ、日本へやられた」

汽車で釜山に運ばれると、そこには日本行きの連絡船が待っていた。博多から長崎、そして端島へ連れて来られた。

「9階建ての大きな労働者用住宅があって、その地下にわれわれ朝鮮人は入れられた。採炭の仕事は1番方、2番方、3番方の24時間3交代。坑口から中に入るときはエレベーターで地下数百メートルまで、あっという間に降下した。最初は怖くて、キンタマの縮む思いだった」

日本人に混じってツルハシで石炭を掘り、別の場所では掘ったあとを埋め戻させられた。海底炭鉱は高温で湿度も高く、男たちはふんどし一丁で粉塵にまみれ、「鬼以上に真っ黒になって」ひたすら掘り続けた。

「牛のように働かされても、食事は豆かすの握り飯が1日3個。ひもじくて辛かった」

しかも名も知らぬ孤島で働かされることが、彼らの絶望感をいっそう募らせた。ここはいったいどこなのか。いつ帰れるのか。何より生きて出られるのか。彼らは端島のことを「地獄島」と呼んで

●崔璋燮さん

いたという。厳しい労働に耐えかねて、泳ぎの達者な海沿いの木浦《もっぽ》出身の若者7人が、炭鉱の木材でこっそり筏を組んで逃げ出したことがあった。潮の流れは見た目よりも速く、4人は途中で溺れて捕まった。残り3人は陸地にまで逃げたが、探し出されて連れ戻されたという。

「夜、泣き声が聞こえるから見に行ったら、彼らはゴムの鞭でひどく殴られていた。城壁のようなコンクリートの高い壁に囲まれ、泳ぎ上手の彼らですら逃げおおせないんだから、どうしようもない。自殺した仲間もいたし、私だって何度も死ぬことを考えた」

そこまで話した崔さんは、息をつぐと通訳を振り切るように日本語ではっきりとこう言ったのだ。

「生きたくもなし、死にたくもなし、だった」

一瞬、自分の足元がぐらりと揺れた気がした。もう何十年も日本語を使う生活などしていないであろう崔さんが、突然口にした言葉に思わずうろたえた。記憶や皺と同じように、言葉もしっかり身体に刻み込まれてしまっていたのだ。そしてそれは、彼がまさしくここで生きて生き抜いたことを強く私に印象づけた。

崔さんの口から日本語を聞いたのは、後にも先にもそのとき一度きりだった。

8月9日、長崎に原爆が落とされたとき、ピカーッと空を裂くせん光が、端島にいた崔さんにも見えたと言う。そして解放の数日後、朝鮮人労働者たちは長崎の街に行かされた。がれきなどを片付けるためだった。空腹に耐えかねて、食べてはいけないと言われていたが拾った袋の中にあった大豆を手づかみでむさぼった。それが原因かどうかはわからないが、手の指に水疱がたくさんできたという。今回の来日では調べることはできなかったそうだが、端島で働かされ広島へもやられた人たちは入市被爆をしている可能性もあるのである。

崔さんは今回、端島を離れるとき、「死の島よ。アンニョン。二度と再び訪れることはないだろう」。そう別れを告げたという。

１９３９年〜45年に端島で働かされた朝鮮人は１０００人以上とみられ、そのうち48人の死亡が高浜村の「火葬認許証下附申請書」から判明している。中国人も１９４４年６月に２０４人が連行され、15人が亡くなっている。（中国人労働者と三菱マテリアルの間では和解が成立している。）

端島の対岸、野母崎《のもざき》の南古里《みなみふるさと》には、端島から逃亡したものの、早い潮に流されて力尽き、亡くなって流れ着いた朝鮮人とみられる人びとを供養する「南越名海難者無縁仏之碑」も建てられている。１９８６年に発掘が行われ、４体が確認された。泳いで島を脱出した人もいたそうだが無縁仏としてさまよっている魂が、おそらく他にもあるのではないだろうか。

世界遺産登録をめぐって

炭鉱で日本の近代を支えた端島と高島の産業遺跡の一部（１９１０年までに建設されたもの）は２０１５年、他の施設（全部で23の構成資産）とともにユネスコの「明治日本の産業革命遺産　製鉄・鉄鋼、造船、石炭産業」として世界文化遺産に登録された。

この世界遺産登録に際して、韓国から「端島を含むいくつかの施設では、戦時中などに朝鮮半島から強制徴用が行われていた」と激しい反対があった。日韓の話し合いによって、最終的に日本側の佐藤地《くに》ユネスコ大使が、１９４０年代にいくつかの施設において自身の意志に反して連行され(brought against their will)、厳しい環境の下で働かさ

●第二竪坑坑口桟橋跡

れた(forced to work under harsh conditions) 多くの朝鮮人等が存在したこと、また第二次世界大戦中に、日本政府が徴用政策を実行したことの理解を可能にするため、情報センターなどを設ける用意があることを表明して、ようやく登録が実現したのだった。

しかし、日本政府は「forced to work は強制労働ではない」と弁明にならない弁明をしている。

「明治日本の産業革命遺産 製鉄・鉄鋼、造船、石炭産業」には、前回上梓した『ルポ 悼みの列島～あの日、日本のどこかで～』で紹介した北九州市の官営八幡製鉄所（1901年設立）も含まれている。伊藤博文が視察に訪れ、火入れ式には皇族が出席した。「鉄は国家なり」のもとで八幡製鉄所は日本の近代化を推し進めた。しかし一方で鉄は兵器を生産し、軍国主義や大陸侵略の推進力ともなった。戦時中、八幡製鉄所には朝鮮人、中国人（日鉄八幡港運）のみならずアメリカ、オランダ、イギリスなど連合軍の捕虜も連行され、強制労働が行われていた。それぞれ死者が出ており、連合軍捕虜も収容中に158人が死亡していたことがわかっている。崔璋燮さんのように「生きたくもなし、死にたくもなし」だった被害者の存在、多くの死者がいたことはせめて、広く共有され記憶されるべきではないだろうか。

高實さんも世界遺産への登録そのものを批判しているわけではない。

「アウシュビッツや奴隷貿易のリバプールなど、人類が二度と繰り返してはならない教訓として共有することを決めた世界遺産もあります。近代日本の産業革命遺産も負の歴史をきちんと刻んだうえで登録されるべきですね」

韓国の崔璋燮さんが端島を訪れたときにも、この話は持ち上がっていたから、私は崔さんにも聞いてみた。

「世界遺産にしてこの島を保護すること自体は、私は反対しない。しかし世界遺産はそこで生きた人たちのことやどんな歴史があったのかを、包み隠さず伝える場でなくては意味はない」とのことだった。

軍艦島に負の歴史があったことを、ニュースを通じて知った人もたくさんいるだろう。ツアーに参加したとき、中年男性のガイドに「戦時中はこの島はどうだったんですか？」と聞いてみたのだが「さあ、私はその頃のことは知らないんですよ」とのことだった。知ってか知らずかわからない。が、一番の悲劇が語られないまま「この島、すごい」「日本の近代ってすごい」でいいのだろうか。

これからでも遅くはない。明治時代に日本でもアジアでいち早く産業革命が起こった。それは日本の国を富ませもしたが、同時にアジア侵略の足がかりをも作った。そして、戦争中には多くの産業において連行された朝鮮人、中国人、連合国捕虜の強制労働が行われ、故郷に帰ることなく亡くなった人も少なくなかったことは、覚えておいてほしい。

明治は本当に輝かしかったのか

近代国家の黎明期にあたる明治は、個性的な人物などの登場により肯定的に捉えられることが多い。この国では明治維新や新しい国を形作った「偉業」に対する思い入れは強いようだが、その無謀さや暗い影に目がとまることはあまりない。たしかに製鉄や造船、石炭などが日本にもたらした経済成長は大きい。国が豊かになり人びとの生活水準があがるなどいい面もある。

しかしながら、その急成長がもたらした歪みもある。「富国強兵」という明治政府のスローガンは、ふつうの人びとを日本の発展のために協力させ、それ以前にはなかった国家という枠組みに内包してしまった。そしてその後の軍国主義に通じる道を拓いてしまうことになった。

いち早くアジアで近代化した日本は、周辺国へ触手を伸ばすことになる。司馬遼太郎氏の小説では日清・日露戦争を肯定的に取り上げている。しかし、これら二度の戦争は日本の軍隊の通り道となった朝鮮半島や中国にとって「領土に土足で踏み込まれた」侵略の記憶となった。日清戦争時には市民を含む旅順大虐殺もあった。

「明治がどのような時代であったか、日本だけではなくアジア全体のなかで考える必要がある。黒船の来航で危機感を持ったのはわかるが、西洋の植民地主義に倣って東アジアへの侵略の思想が生まれ、強大になったのもこの時期でした」

前出の高實さんは、吉田松陰を例に挙げる。松陰は獄中から兄に宛てた『獄是帖』のなかで「国力を養い、取り易き朝鮮、満州、支那を切りしたがえ、交易にて魯國に失うところは、また土地にて鮮満に償うべし」と記している。西洋との間で不平等条約を結ばされ、交易で失ったものを、取りやすい朝鮮や満州から奪えばよい、と言っているのだ。

「今回の世界遺産の中に松陰の松下村塾が入っていますが、彼は朝鮮征伐を主張するなど植民地主義や侵略戦争の思想を持ち、その影響を受けたと思われる伊藤博文や山県有朋はその後、今日まで禍根を残すような過ちを犯してしまった。松下村塾は産業遺産とも直接関係がなく、また人類の普遍的価値を持つ遺産とも思えません」

近代日本の産業革命遺産は、そこに観光資源という経済的効果が見込めるのもさることながら、「日本人としての誇り」を取り戻したいと願ういまの日本政府が、かつての「富国強兵、殖産興業」をその精神的支柱も含めてアピールするための格好のシンボルになるのだろう。

温泉リゾートの伊王島《いおうじま》にも、炭鉱があった

軍艦島ツアーに参加した数日後、私はやはり長崎港から出ている船に乗って、伊王島（注3）に渡った。こちらも所要時間は片道20分足らずである。いまは伊王島大橋がかけられ、陸路で行くことも

できる。でもやっぱり、船旅に惹かれて港で乗船券を買った。なんと往復乗船券には温泉入浴料が含まれているではないか。温泉好きにはうれしい。70年代に炭鉱が閉鎖されてからは、温泉リゾートとして観光客を呼び込んでいるとのことだった。

船が伊王島に近づくと、高台に建っている白亜のゴシック建築「聖ミカエル天主堂（沖ノ島天主堂）」（写真下）がだんだんはっきりと見えてくる。まるでヨーロッパの島を巡っているみたいだ。この島の人たちも、江戸時代には隠れキリシタンと呼ばれ、弾圧に耐えて密かに信仰を守り続けてきた。天主堂は1890年（明治22年）に建てられた。いまでも島の住民の半数以上がカトリック信者とのことだ。

桟橋のそばで自転車を借りて、天主堂、灯台、コスタ・デル・ソルと名づけられた白砂の美しいビーチなどを回ってみる。伊王島灯台は開国前にこの国が英・米・仏・蘭と結んだ江戸条約によって全国8か所に置かれた灯台のひとつ。鉄の洋式灯台としては日本最古のものだったが、長崎の原爆で爆風によって損傷したという。改めて原爆の破壊力のすさまじさに驚くばかりだ。

小さい島だが見どころが結構ある。十字架をかたどった墓標が海に向かって並ぶ墓地は、ここが信仰の篤い島であることをうかがわせた。

炭鉱はどこにあったのだろうか。だれか炭鉱の話を聞かせてくれないだろうか……道で出会った気さくな感じの女の人に聞いてみた。

●伊王島、沖ノ島天主堂から海を望む

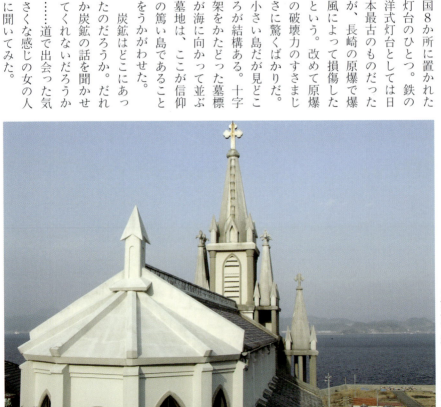

●佐藤郁雄さん

「それならいい人がおるよ。ずっと炭鉱で働いとった」と路地づたいに一軒の家に連れて行ってくれた。中から日焼けした男性が出てきた。名を佐藤郁雄さんと言った。

「ああ、炭鉱は沖ノ島天主堂の上のほう一帯が、そうだったね」と、家の中に招き入れ、伊王島の炭鉱話をしてくれた。

伊王島には1941年に炭鉱が開かれ、日鉄伊王島炭鉱となって、1972年まで続いた。戦中から戦後を石炭で支え、端島や高島のように石炭によって栄えた島だったのだ。ピーク時には7000人を超えた人口も、閉山後には10分の1近くまで激減した。閉山のころの伊王島を舞台に、山田洋次監督は『家族』という映画を作っている。伊王島を出て一家で北海道に新天地を求めた家族のロードムービーだ。途中、大阪万博に立ち寄る場面があって、時代の栄枯盛衰と、その狭間で懸命に生きていこうとする人びとの姿を描き出している。

佐藤さんも伊王島の生まれで、島が好きだから他のどこにも住んだことがない、と言う。20歳の時から閉山になるまでの17年間、炭鉱で働いていた。

「ダイナマイト仕掛けて、粉塵もうもうです。先の見えんとですよ。17年の間にじん肺になって、私は4段階のうちのいちばん重い4なんです。じん肺患者ね。肺に水が溜まって苦しい。もちろん働けません。いまも2週間に一度は病院に通っとりますよ」

22名の炭鉱仲間と日鉄鉱業を相手に提訴し、1999年に最高裁で勝訴した。原告のうち、いまも健在なのはわずか数名なんだと話してくれた。

戦争中の炭鉱はどうだったのだろうか。当時、まだ子どもだった佐藤さんに尋ねても無理かもしれないと思ったが、それでも鮮明に覚えていることがあると言っていくつかを語ってくれた。

「朝鮮の人たちの長屋もあって、空襲警報が鳴って島の人たちが逃げ回っても、朝鮮の人たちは芋なんか食べよりましたよ。うちの父もいりこをあげたりしてね。ぼくが見ただけでも200人ぐらいはおったですかね」

食べ物は乏しく、厳しい労働に耐えかねて逃げだそうとする人もいたが、周囲は海。すぐに捕まったという。

「小学生だったぼくは、捕まった人がいると聞いて友だちと見に行った。勤労課の部屋にパンツ一枚で座らされて、叩かれてアイゴーと声をあげて泣いとるのを見ました」

戦争が終わって、その人たちは船に乗って帰って行った。

「よう覚えとりますよ。港から船が出て行くとき、みんなで船べりをたたいてアリランを歌っていてね。うれしさでしとっとばいな（うれしくてしているんだろうな）と、子ども心に思ったですね」

伊王島の炭鉱の歴史は、そのまま佐藤さんの自分史でもあるようだ。子どもの頃に見かけた朝鮮の徴用者たちのこと。1965年には炭鉱内でガス爆発事故が起き、佐藤さんの仲人をしてくれた整備士を含め30人の仲間を失った。戦中、戦後を通じて伊王島の炭鉱では大勢が亡くなっている。そして炭鉱が閉鎖されたいまも、じん肺の苦しみから解放されることのない日々が続く。

それでもこの島が好きだと、ためらいなく答える佐藤さん。

「もう炭鉱の島ではないけどね。病気になったら車で病院へ行ける便利な時代になった。温泉リゾートができたから、島の人たちはそこで働いていますよ」

佐藤さんに別れを告げ、夕暮れの道を温泉に向かった。まだ船の最終便まで時間はたっぷりある。せっかくの温泉入浴つきの切符、活用させてもらおう。

目の前に海が広がる伊王島の露天風呂で手足をのばすと、冷えた身体を塩分の効いたお湯が温めてくれる。暮れてゆく冬の空に、海がとけていく。沖をゆく船の灯りをぼんやり目で追った。

温泉では初老の女性が幾人かチャキチャキと働いていた。島の人たちだろう。クリスチャンかもしれないし、もとは鉱山に関わっていたのかもしれない。

＊注1　高實康稔（1939 - 2017）は長崎大学名誉教授でフランス文学者。サン・テグジュペリなどの研究で知られる。岡まさはる記念平和資料館の理事長も務めた。

＊注2　戦時の強制動員について。朝鮮人に対して国家総動員法にもとづく「労務動員計画」（1938年）により1939年「募集」、1942年「官斡旋」、44年「徴用」の3段階（強制連行期とされる）で日本国内や朝鮮半島、アジア各地で労働に従事させた。日本への労務動員数は大蔵省管理局の調査では72万4787人、厚生省勤労局の調査では66万7684人となっている。また、1942年に閣議決定した「華人労務者内地移入ニ関スル件」にもとづいて中国から中国人を日本へ連行した。戦闘での捕虜のほか、多くの一般人も含まれる。外務省資料では3万8935人の中国人が全国35企業、135事業所で労働を強いられ、そのうち6830人の死亡が確認されている。連合軍捕虜は36,000人が日本に連行され、全国の俘虜収容所でアメリカ、イギリス、オーストラリア、カナダ、インドなどの3559人の死亡が判明している（POW研究会）。

＊注3　伊王島は人口約700人。2005年に長崎市に編入。2015年11月には核兵器廃絶をめざす科学者が世界中から参集し、第61回パグウォッシュ会議世界大会が開かれたことでも知られる。

□山梨県・甲府の空襲

たなばたの夜、空から降ってきたものは

富士山に近い甲府盆地は、１９４５年7月6日から7日にかけて激しい空襲にさらされた。寝静まった街を襲った恐怖。その跡のいくつかは、いまも甲府のあちこちにそのままの形で残されている。

１１２７人の命を奪ったこの空襲は、「たなばた空襲」と呼ばれている。太宰治の小説にも、その日のことが取り上げられている。

山に囲まれた盆地

２０１４年夏。噂には聞いていたが、夏の甲府盆地は暑かった。初めてＪＲ甲府駅に降りたものの、西も東もわからない。じりじりとアスファルトの上でいぶされ、とりあえず地図や資料でももらえたらと思って、駅前から南北に延びる平和通り沿いの甲府市役所へ向かった。クーラーが効いているだけでもありがたい。ほっと人心地つくことができた。

入ったところに特設スペースが設けられていて、ＮＨＫ朝の連続ドラマで当時放映中だった『花子とアン』の展示がなされていた。日本に初めて『赤毛のアン』を紹介した訳者の村岡花子や、恋多き歌人、柳原白蓮の生涯が写真とともに綴られていた。昭和の初めから戦後にかけて、まだ社会で女性の権利が認められていない時代に、文学を通じて自由を模索した女たちだ。村岡花子の故郷、甲府はこのドラマを通じて私にとっても、より身近に感じられるようになっていた。

甲府市役所の10階には展望ロビーがあるという。上がってみるとなるほど、ガラス越しにぐるりと周囲の山が見えるようになっている。

富士山はこんなに近いんだ、とか南アルプスにはたくさん山が連なっているんだなあと、しばし旅の目的を忘れて風景に心を奪われていた。

甲府の連隊と「たなばた空襲」

甲府を訪れた目的は、「山梨平和ミュージアム――石橋湛山記念館」を訪れることである。バスを降りてあちこち迷い、住宅地の中にようやく探し当てた建物は、大きくはないが赤いアクセントを効かせた洒落たつくりだった。甲府の歴史を残したいと願う８００人ほどの市民の賛同金などによって２００７年にオープンした、民間のミュージアムだ。甲府の戦争と、戦前から戦後を通じて平和・民権・自由主義を貫いた石橋湛山がテーマになっている。

中へ入ると目に飛び込んできたのはまず、甲府空襲の記録だった。１９４５年７月６日〜７日にかけて、深夜の約２時間、静岡から北上してきた１３１機のアメリカの爆撃機Ｂ29が甲府とその周辺を焼き尽くしたのだ。

午後11時23分に空襲警報が鳴った、と展示には書いてあった。寝静まった人々を絨毯爆撃が容赦なく襲い、民家のみならず甲府市役所、銀行や裁判所、国民学校や新聞社などを焼き払った。街は火に包まれて、市街地の74％が灰燼に帰したとあるから、夜が明けたときには一面焼け野原であっただろう。わずかな時間に１１２７人の命が奪われた。空襲のあった日付から「たなばた空襲」（注1）と呼ばれている。

たなばたと空襲？　なんという不似合いな組み合わせだろうか。戦時はどうだったかわからないが、本来なら笹を飾り、平和やおのおのの夢、家族の幸せなどを願う日なのだ。そして織姫と彦星が無事に会えるだろうかと夜空の星を仰ぎ、満ち足りた気持ちで床につく日なのだ。けれども幸せな星がまたたくはずの空を無数の爆撃機が切り裂き、深夜に家族は引き離されて火に包まれ、地獄絵のような一夜がもたらされた。

このミュージアムには、亡くなったすべての人の名前が刻まれている。いたるところに焼死体が転がっていた大惨事であったにも関わらず、大本営は「被害は軽微」と報じたという。

しかしそもそも、なぜ甲府が空襲を受けることになったのか。甲府空襲のパネル展示の裏側には、１９３８年、中国の重慶から始まった都市爆撃の記載があった。重慶を無差別爆撃した日本軍の戦法に習ったのが、イギリスのチャーチルであり、やがてそれは日本の都市への無差別爆撃、広島・長崎への原爆という形で無辜の住民の命を奪うことになる。

理事長の浅川保さんは、このミュージアムで戦争を伝える意義について、次のように話す。「空襲は多くの平和資料館などで伝えられていますが、それ以前に日本軍が中国で同じような無差別爆撃をやっていたことを知らないと、単なる被害意識しか生まれない。加害、被害、どちらも見なければ戦争の実相は見えてこないと思います」

そのことは、地元の若者たちを戦場へ駆り出した甲府連隊の軌跡を、中国との15年戦争も含め、全体にわたって展示していることでも伝わってくる。

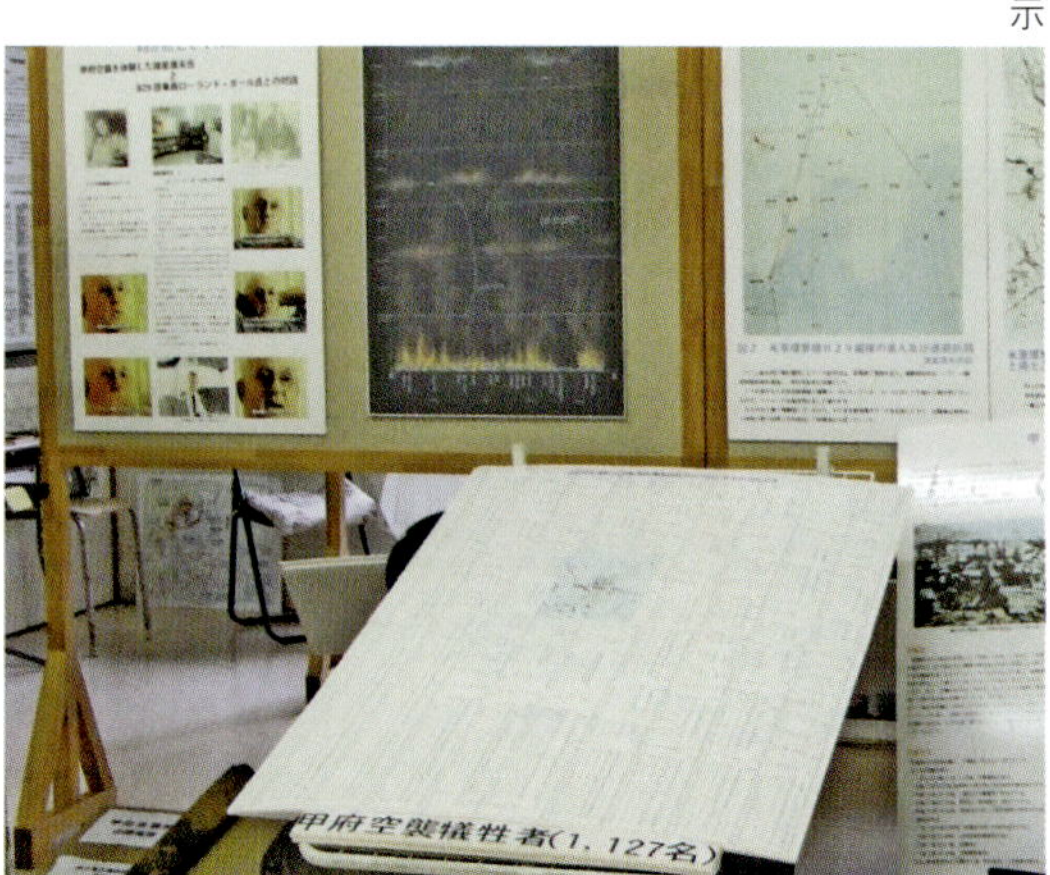

●甲府空襲の展示

甲府連隊は日露戦争中に編成され、最

初の49連隊は1936年から「満州」北部へ派遣された。おもな任務は中国人抗日ゲリラの鎮圧、治安維持だった。その後、戦況が厳しくなった1944年には一部がグアム島やレイテ島に送られた。レイテ島、セブ島では兵士の96％が戦死するという悲劇に見舞われた。

　日中戦争が始まった1937年、新たに149連隊が49連隊の予備役・後備役として召集された20〜30歳代の男性たちによって組織され、上海、杭州、徐州などで戦闘に参加。2年半の戦闘で1004名の犠牲を出した。149連隊に続いて、210連隊、220連隊も編成され、アジア、太平洋各地に兵隊たちが送られた。

　甲府の街に大規模の軍隊ができると、兵隊たちへの物資供給や消費によって、街が活気づき、経済効果がもたらされる。軍隊を誘致した理由でもあったという。しかし、引き替えにたくさんの若者の命が奪われた。アジア・太平洋戦争での山梨県戦没者は推定で2万2048人とされる。白木の箱を抱えた隊列が甲府駅前で無言の凱旋をする写真は、ただ悲しいだけではない教訓を残す。

　帝国主義の皇軍は海の向こうで大きな災いをもたらした。149連隊が、中国の廬山戦で赤一号という毒ガスを使用した記録が防衛省の資料にも残っている。旧日本軍が持ち込んだ毒ガスはいまだに中国東北地方に数多く遺棄され、現地で社会問題になっている。土地を掘り返した際に毒ガスに触れ、重大な後遺症に苦しむ人たちが子どもたちを含めて少なくない。また、初年兵が捕虜にされた中国人農民を肝試しに刺し殺すよう命じられたという証言もある。浅川さんは話す。

「いま、戦争中に起きた加害の史実を認めようとしない勢力が強く、これから公で建てる平和資料館では真実の展示は望めないと思います。ここは市民で建てたからこそ、圧力に屈することもなく、自由に事実を伝えることができるのです」

●市民が提供した木製看板

植民地政策を批判した、石橋湛山

　2階には、石橋湛山(1884 - 1973)の展示。甲府は、石橋湛山が日蓮宗の住職だった父に付き従い、幼少から暮らした街だ。ちょうど生誕130年を迎えていたが、このミュージアムにはどこよりも湛山についての資料が揃っている、と評伝『偉大な言論人　石橋湛山』（山日ライブラリー）の著者としても知られる浅川さんは言う。

浅川さんと湛山の出会いは、甲府一高に教師として勤務していた1986年。偶然、湛山が同校（甲府中学）在学時に寄稿した『校友会雑誌』を発見、中学生ですでに中江兆民に感銘を受けたという内容などに驚いた。以降、湛山の記した論文や記事など数多くの資料を集め、その思想を多くの人に伝えている。

●浅川保さん

「彼が書いているのは、時論なんですね。東洋経済新報で勤めていたときにも、戦争や帝国主義を批判する記事を書き続けた。日本の帝国主義・植民地主義を多くの国民が深く考えもせずに支持するなかで、『道徳的に間違っている』と言っても説得力は弱かったでしょうが、湛山は経済的なデータを論評に用いるプラグマティスト（実際主義者）でした。植民地主義は経済的にマイナスであり、相手国のプライドを考えても反感を買うのは明らかなのにやっている、こんなバカなことがあるかと言ったわけです」

第1次世界大戦後、ヨーロッパにおいて民族自決主義が高まる。湛山は1921年のワシントン会議に向けて、日本が領有していた台湾や朝鮮を放棄し、平和外交によってアジアと世界の平和と繁栄を図るべしという「小日本主義」を打ち出している。当時類を見ないリベラルな思想形成はどのようにしてなされたのだろうか。

「正義感や責任感を持っていたのは日蓮宗の影響が大きかったでしょうし、若い間にアメリカのデモクラシーに触れ、またルソーを学んで自由民権運動を理論的に支えた中江兆民に関心を持ったことも、骨太な思想を築くもとになったのでしょう。戦前も戦後もぶれないで信念を貫くことができたのはそのためだと思いますね」

戦後、湛山は首相にもなったが（1956年）、体調を崩し2か月で退陣。その後は中ソなど社会主義国との平和共存に尽くし、1961年には冷戦構造を解決すべく日中米ソ平和同盟を提唱した。68年に著した『日本防衛論』には、次のような一文もある。「我が国の独立と安全を守るために、軍備の拡張という国力を消耗するような考えでいったら、国防を全うすることができないばかりでなく、国を滅ぼす。したがって、そういう考え方をもった政治家に託すわけにはいかない」

湛山が生きていたら、と思わずにはい

られない。いまの日本の政治家をどんな言葉で戒めるだろうか。

太宰治と空襲

山梨平和ミュージアムには直接関係がないが、甲府空襲のことを小品に綴っている作家がいる。太宰治である。

文士徴用の身体検査を受けたものの胸部疾患を理由に徴用を免除され、戦場に行かなかった太宰は、1945年4月、東京・三鷹の家から疎開して妻、美知子の里である甲府に身を寄せていた。短編『薄明』には、東京大空襲からさらに各都市へと広がる空襲に、甲府の人たちも「街が焼かれるのは、もう時間の問題」と覚悟しており、焼け出されたときに困らないよう庭に穴を掘って、食器や日用品、食料を埋められるだけ埋めたことも書かれている。鉄の雨が降る中を、結膜炎をわずらって目の開かない小さな子どもを連れて逃げ、布団をかぶって畑に伏したことなどが、交わされる会話とともにリアルに書き込まれている。

空襲がおさまってから、太宰と妻は実家を見に帰るのだが「残っていたら、どんなにうれしいだろう。いや、しかし絶対にそんなことはないんだ、希望を抱いてはいけない」と自らに言い聞かせるあたりは、哀れで悲しい。予想した通り板塀だけを残し、家はすっかり灰燼に帰してしまっていた。

太宰は戦争中も小説を書いた。日米開戦直後に書かれた短編『十二月八日』の開戦に歓喜する女主人公のことばなどからは、太宰自身が純粋な愛国主義を持っていたように感じることもできるし、あるいはまったく逆に、日米開戦に高揚していた周囲の空気に冷めたまなざしを向けていたとも取れなくはない。自身が戦場に行かなかったためなのか、積極的に戦争の旗振りをすることはなかったようである。

甲府の空襲など敗戦の色が濃くなってくると、その作品からも開戦時のような勢いのある言葉は見られなくなる。戦中の太宰の作品からは、彼自身も含め、大きなうねりに巻き込まれた小舟のようになすすべもない庶民の姿がよく伝わってくる。

お地蔵さんと小学校

ミュージアムで入手した1冊のブックレット『山梨の戦争遺跡』を頼りに翌日、甲府の街の中を戦争の足跡を探して歩いてみた。じつはこういった小さな旅が、私はとても好きなのである。

もちろん、このようなルポを書くためには、地域の歴史に詳しい案内人を頼

●いしずえ地蔵尊

み、その土地のことを深く学ぶに越したことはないのだけれど、地図を片手に迷いながら、あるいは心惹かれる通りや店などへ首を突っ込みながらの気ままな道行きは、あとあとまで頭の隅っこに残っていて、あるとき断片的にふと街の光景が蘇ることがある。

　そんなわけで、甲府の空襲を伝える碑は自分で探して歩くことにした。

●湯田小学校旧正門

　甲府駅から炎天下を30分近く、歩いただろうか。先に述べた、たなばた空襲の記憶のひとつ、戦災殉難者慰霊「いしずえ地蔵尊」を見つけた。市内の家族連れがよく訪れる遊亀《ゆうき》公園のそばの一蓮寺境内にある。暑いさなかの空襲で亡くなった人々は、この地をはじめいくつかの場所に仮埋葬された。その跡地に供養のために建てられたお地蔵さんだそうだ。遊亀公園には附属の動物園もあり、子どもたちも多くやってくる。
　水で喉を潤しながら、さらに先へ進む。迷いながらも住宅地の中にある湯田小学校にたどりつくことができた。現在の正門のほかに、空襲で焼け残った旧正門が保存されているはずだ。
　あった。校庭の大きな木の下に、古びた石の旧正門が戦争遺跡として形をとどめていた。
　動物園で、学校で、子どもたちの声が聞こえていた。70数年前の空襲で亡くなった子どもたちが、いまの子どもたちを見守っているようにも思える。

山梨平和ミュージアム

甲府市朝気1-1-30　☎055-235-5659　開館日　月、木、金、土、日曜日　12時30分～17時　休館日　火、水、祝日、冬季休暇（12月28日～1月6日）。入館料　大人300円、中高大生200円　JR甲府駅（南口）よりタクシーで約10分。山梨交通バスは№91山梨英和大学行、№98石和温泉行、城東三丁目下車。ミュージアムの2階では、企画展示や講演会も行われている。

いしずえ地蔵尊

甲府市太田町5-16　一蓮寺

＊注1　たなばた空襲は、米軍による1945年7月7日未明の空襲。同日、甲府の他に千葉でも1200人余りの市民が亡くなった七夕空襲があった。

□京都府・大江山ニッケル鉱山

日中韓の若者たちと訪ねた、鬼伝説の山

大江山、に続くのは鬼退治か、百人一首で詠まれた「まだふみもみずあまのはしだて」だろうか。どちらにしても京の都からの距離を感じさせる。

戦争中、大江山にあったニッケル鉱山では中国人、朝鮮人、連合国捕虜合わせて1000人を超える人びとが、強制労働に駆り立てられた。いまもニッケル鉱山の巨大な煙突がそびえている。ここでどんなことがあったのだろうか。

2013年の夏、日中韓の若者たちといっしょに、大江山を訪ねて行った。

民族を超え、ともに歴史を学ぶ

アスファルトをも溶かしそうな暑さのなか、2013年の夏休み、京都市内のユースホステルに、いろんな国から中・高・大学生など若者約300人が集まってきた。これから始まるのは、「東アジア青少年歴史体験キャンプ」。ホスト役の日本の若者たちが、次々とバスで到着する中国、韓国の若者たちを入口で出迎える。初対面の互いの表情は固い。大人だったら垣根を取り払うために無理して笑みを浮かべるところだろうが、スマホを手にした若者たちは簡単に心を許していないようだ。その固さはそのまま、いまの東アジアを象徴しているようにも思えた。

このキャンプは2002年に日韓の参加で始まり、2005年からは中国も加わって毎年日中韓が順番にホスト国となって開催されている。いまでは3か国のみならず、在日コリアンの生徒や、中国人の父と日本人の母を持つ子、アメリカ人の母と日本人の父を持つ子なども参加している。歴史認識や領土問題で解決できない課題を抱える東アジアで、中学生～大学生が数日間寝食をともにしながら一緒に歴史を追体験したり話し合ってみようとする試みだ。この年は、京都が舞台だった。

キャンプが始まった翌日、若者たちはバスに乗って日本海を目ざし、舞鶴～大江山のフィールドワークに出かけた。

舞鶴は「浮島丸事件」があった現場である。この件については拙著『ルポ悼みの列島』ですでに取材記事をまとめているが、戦時中、日本に自由労働者として働きに来たり、戦時動員で連れて来られた朝鮮半島の人たちが、戦争が終わって帰国するときに乗りこんだ船が「浮島丸」であった。うれしい帰国をかなえてくれるはずのこの船が舞鶴沖で轟沈したのは、1945年8月24日。ポツダム宣言を日本が受諾した敗戦の日から、わずか9日後のことだった。

米軍が海にしかけた機雷に触れたせいだと言われるが、浮島丸の船体は真っ二つに折れ、沈没。岸までそう遠くはなかったため、泳いで岸にたどりついて助かった人も多かった。地元の人たちが救助のために出した船などに助けられた人もいた。しかし、女性や子どもを含む朝鮮人乗客524名、日本人乗組員25名が海の藻屑と消えた（注1）。現在、舞鶴には市民の募金で浮島丸殉難者追悼の碑が建っており、毎年事件のあった8月24日には碑の前で追悼式典が行われている。

その現場を、東アジアの若者たちが訪ねた。母親が子どもを抱いている追悼碑を前に全員で祈りを捧げ、鎮魂の歌をうたったあと、湾内の波のない静かな海に向かって花を投げ入れた。何百という色とりどりの花が波間を漂った。

焼けつくような炎天下、テントの中で近所のお年寄りたちが静かに見守っていた。若者たちのための小さな追悼式を、裏方で地域の人たちが手伝ってくれたのだった。

ニッケルの赤土と巨大煙突

東アジア青少年歴史体験キャンプの若者たちが次に足を運んだのが、大江山だった。

大江山の鬼伝説、たとえば平安時代から鎌倉時代にかけて、夜な夜な都を荒らした極悪の酒呑童子《しゅてんどうじ》ら一団を、源頼光ら武家が討伐した話はどうやって生まれたのだろう。人びとが山賊に悩まされていたという説があるが、山を越えて都に入るさまざまな災いや外敵に備えるべく、このような伝説が生まれたのだろうかと考えたりもする。

もっとずっと後の戦争の記憶として大江山に刻まれているのは、この山で採れるニッケルが重要な軍需資源になっていたことである。大江山では1930年代初頭に良質のニッケル鉱が発見された。ニッケルは腐食しにくく、高温低温にも強く、耐用年数も長い。また鉄にニッケルを混ぜると鉄の強度が増すと言われ、兵器の製造には欠かせない鉱物として重宝された。戦時中は中国人、朝鮮人、連合国捕虜合わせて1000人を超える人びとが、大江山での強制労働に駆り立て

●桐畑米蔵さん

られた。

日中韓の生徒たちの教科書に「南京大虐殺」や「日本軍慰安婦」について書かれてはいても、京都の人里離れた場所でこのような強制労働が行われていたことは出てこない。おそらくは地元の人しか知らない歴史であろう。

大江山ニッケル鉱山を案内してくれたのは、「中国人戦争被害者の要求を支える京都の会」京都支部事務局長の桐畑米蔵さん。桐畑さんの説明によると、戦時の労働力不足を補うために、１９４４年初秋に中国河南省で旧日本軍は約２０００人の中国人を捕らえ、そのうちの２００人を大江山に送ったとのことである。戦時捕虜だけではなく、力づくで捕えられたり騙されて連行された農民や商人も多かったという。

鉄条網に囲まれた宿舎での暮らし、冬の寒さ、粗末な食事。そのうえ過酷な労働。わずか1年足らずの間に栄養失調などで12人の中国人労働者が死に追いやられた。通常では考えられないが、労働環境の悪さゆえだろう。亡くなった人たちの遺骨は、１９６０年代に全国で起きた遺骨送還運動の際に返還されている。

朝鮮人は重労働に耐えかね、逃亡もあった。宿舎に家族を呼び寄せた人もいた。また大勢の朝鮮人労働者のために、朝鮮人「慰安婦」２人が働かされていたとの証言もあった。

約７００人が連行された連合国捕虜からも犠牲者が出た。

「どの民族に対しても、ここでは日本による差別が行われたのです」と生徒たちに話す、桐畑さん。

加害企業の日本冶金《やきん》工業が戦後に建てた、「中華人病没者供養塔」を、生徒たちとたずねる。連合軍の戦犯追及を恐れて供養塔を建てたのではないかと言われている。見晴らしがよく、目の前には野田川がくねりながら日本海へと流れていく。

「川の河川敷に、中国の人たちの収容所がありました。バラック建てで冬はすきま風やあられが吹きこんで。この辺は『あられの谷』と呼ばれていました」。桐畑さんが指さしながら教えてくれた。

国道１７６号線沿いの「道の駅 シルクのまち かや」のすぐ脇には、亡くなった12人のために建てられた「日本中国悠久友好平和の碑」があり、碑文には「労をねぎらう云々」とあったが、そこに謝罪の文言はまったく見あたらず、何のための慰霊かが伝わらないと桐畑さんは言う。

生徒たちが「わあ～っ、デカい！」と

声をあげたのは、巨大な3本の焼却炉の煙突だ。その大きさと言ったら、写真に収めることすら難しいと言えばいいだろうか。実際、どうがんばっても2本しか入らなかった（次頁写真）。そこにあった焼却炉でニッケルを焼灼して粉にし、ベルトコンベアーで運び、いまはなき加悦《かや》線の貨車に乗せて運び出したという。みんなで登った小高い丘では、ニッケルを露天掘りしていた採掘場の跡を見ることもできた。ところどころに混じっている赤い土がニッケルなのだと桐畑さんが話してくれた。

大江山ニッケル鉱山の中国人強制労働は戦後、裁判にもなった。必要な資料などのうち中国にあったものは、文化大革命で散逸してしまっていた。桐畑さんらは苦労して一から労働者たちの身元などを調べた。戦後53年が過ぎた1998年、6人の中国人被害者が名乗り出て、京都地裁で日本政府と日本冶金工業に対して謝罪と未払い賃金を含めた賠償を求める裁判を起こしたのだ。

桐畑さんたちは原告に会うために何度も中国・河南省の小さな町を訪ねたが、日本から来た役人に間違われて、戦争での加害を責められたこともあったという。「私は京都の五条で西陣の帯を商っていたのですが、1942年に軍から店も土地も接収されました。戦争の被害者ですわなあ。だけど日本がやったことに関しては、加害者が自らを裁かないといけないと気がついた。だから裁判にも関わる。これはわれわれ加害者の問題なんですよ」

裁判では当時、大日本帝国憲法下で国、公共団体の賠償を定めた法律がなかったことや、時効などを理由に、原告側が敗訴した。しかしながら強制連行、強制労働は国と企業の不法行為であることや、犯罪事実は認められた。

大阪高裁は和解を勧告したが、国が拒否。「日中共同声明により被害者たちの請求権は消滅したため、申し立ては認められず棄却する」という形で終わってしまった。いっぽう日本冶金工業は2003年和解に応じ、原告6人に1人当たり350万円の和解金を支払った。

「それ以外の被害者、遺族のうち74人が中国の河南省で提訴しましたが、審理されないままです。また企業との交渉を求めても拒否されています」

東アジアの若者たちは、通訳をまじえながら桐畑さんから交流の歴史を聞いた。裁判に関しては専門用語も多く、また国によって司法制度も違うため、少し難しかったかもしれない。しかしなんとか理解をしようと汗ばむ顔をあおぎながら懸命に耳を傾けていた。70年前の戦時強制労働の裁判がいまだに行われていること、これもまた戦後補償が終わっていない証として彼らの脳裏に刻まれたのではないかと思う。

海外からやってきた若者たちと、土地の記憶を訪ねながら思ったのは、中国や朝鮮半島、あるいはアジアの各地にも私たちが知らない戦争の記憶を持つ場所が数多くあるに違いない、ということだ。

●東アジアの若者たちと、本当は３本ある焼却炉の煙突

出会うことで先入観がほどける

日中韓を中心とした生徒たちは、浮島丸事件や大江山での強制労働をどう感じただろうか。

フィールドワークを終えた彼らは、グループに分かれ、通訳を介していろんな感想を述べ合った。最初は固くこわばっていた若者たちの表情がずいぶん和やかになっていたのは、時間を共に過ごしただけではないだろう。

日本の生徒は「自分たちの国の人が酷い目にあった場所に連れて行くので、中国や韓国の生徒たちが怒り出すのではないか心配だった」と、予想外の展開にほっとした表情だった。

中国や韓国、在日コリアンの生徒たちからは「意外だった」「びっくりした」という声が多く聞かれた。

「日本人はみんな、戦争を反省していないと思っていたのに。知らない人のために慰霊をしたり裁判を支援する人たちもいたんですね」

若者たちは、当初は疑心暗鬼だった。中国や韓国の子らは「日本人は戦争に向き合う気がない」、日本の子らは「中国や韓国の人たちはいつも自分たちを責める」と思っていたからだと。そういった思い込みは、政府やメディアから発せられる言葉をそのまま鵜呑みにすることから生じていると思われる。けれども誤解は、知らなかった人たちと実際に出会うことによって払拭されることもある。このフィールドワークをきっかけに、若者たちは（私自身もだが）自分たちの知らない事実が数多くあると気づき、先入観を持たずに相手に接するようになったのではないかと思う。

フィールドワークやグループ討論、スポーツや文化交流を通じて日に日にわだかまりを解いていった彼らは、最終日に出発するバスの前で抱き合って涙をこぼし、別れを惜しんでいた。

ある日本の女子高校生の感想。

「同じ部屋の韓国人の子に、碑を建ててくれてありがとうと言われてうれしかった。私は戦争のとき日本がしたことを考えたら、まだ全然足りないと思っているのに……」

形式だけの和解では得られない友情ではないだろうか。若者たちがいっしょに歩き、心にきざんだ記憶が、東アジアの友情のしるしとして残らんことを願う。

＊注1　浮島丸事件とは。1945年8月22日、戦時中におもに東北地方で労働させられていた朝鮮人労働者（自由労働者含む）とその家族、日本人乗組員合わせて3735人が「浮島丸」に乗船し青森県の大湊を出発。釜山港に向かう途中、24日に舞鶴港に入港した際、米軍の敷設した機雷に触れ轟沈したとされ、乗員乗客合わせて549人の犠牲を出した。

信州から見える、さまざまな戦争

□長野県・阿智村、天龍村

スキー場やキャンプ場、温泉など、思えば信州へは学生の頃からわくわくする思いで通っていた。だが、風光明媚なこの地にたくさんの戦争の記憶が眠っていることを知ってから、少し違った角度から信州を眺めるようにもなった。

よく知られているのは、海を渡って大陸に入植した満蒙開拓団の悲劇であろう。２０１３年には「満蒙開拓平和記念館」がオープンした。

それだけではない。信州に海の向こうから連れて来られた人々の悲劇があったことも忘れないようにしたい。

戦跡や労働現場が残された長野

信州は神州につながる、と戦時には験《げん》を担ぐ人たちがいたそうだ。戦争末期には長野県松代に大本営が作られる予定だった。大本営の工事は１９４４年11月11日午前11時という縁起のいいぞろ目に合わせて始められたと聞く。神風が吹くから必ず勝つ、と信じられていた戦時ならば、さして不思議ではない話かもしれない。日本人とともに６０００人ほどの朝鮮人が働いていたという。

この松代大本営を訪れたのが、２００５年。その後、松本市に残る里山辺地下軍需工場建設跡のフィールドワークにも参加した。こちらは名古屋にあった三菱重工業航空機制作所が空襲を逃れて疎開してきたものだった。「松代大本営が整備された高速道路みたいなものだとすれば、こっちは登山道ですから」とガイドしてくれた方が言うほど、荒々しい洞窟そのままだった。戦況が悪化したなかで急ごしらえしようとし、結局未完に終わった。ここでも大勢の朝鮮人が働かされていたが、靴を履いていても足の裏が痛くなる岩場で、地下足袋もすり切れ、ほとんど裸足で血を流しながら働いていたという。松代と松本、ふたつの対照的な地下壕は頭によく残っている。

長野では、戦没した画学生の絵画を保存・展示している上田市郊外の「無言館」にも足を運んだ。落とした針の音が聞こえるほどの静けさ。その中で向かい合った、戦場に散った若者たちの遺言ともいえる作品。どんな気持ちでカンバスに筆を運んでいたのだろうか。それぞれの覚悟や絶望や、この世への慈しみなどがあっただろうと思う。想像してもしきれない。

下伊那郡の阿智村にある「満蒙開拓平和記念館」へ足を運んだのは２０１５年。開館して2年が経っていた。高速バスに3時間ほど揺られて飯田をめざし、阿智村行きの路線バスの便数は少ないので、タクシーで記念館へ向かった。

交通の便がいいとは言えないことが幸いしたのか、澄んだ空気が夜空を輝かせる。阿智村はここ数年「日本一の星空が見える村」をうたって村おこしをしており、遠くから若者たちが集まっていると聞く。

満蒙開拓団とは、何だったんだろう？

信州の戦争に触れるにあたって、欠かせないのが満蒙開拓団である。

険しい山々が連なり、昔から地形のうえでも広い農地が確保できなかった信州。明治になって外国との交流とともに、いち早く器械による製糸技術を取り入れ、やがて日本が誇る蚕糸王国となった。

しかし、１９２９年に起こった世界大恐慌によって、生糸の値段は急落。養蚕業は大きな打撃を受け、１９３１年の農家の収入は１９２５年の3分の1に激減した。たちまち困窮する家庭が激増した。そんな折りに打ち出されたのが、国を挙げての満州移民のキャンペーンだった。多くの人々が、大陸に向かうこととなった。

満蒙開拓平和記念館の館内では事務局長の三沢亜紀さんが、数名のお客さんとともにガイドしてくれた。スライドには、ガラガラと馬に引かれる荷車に日焼けした笑顔をほころばせながら乗っている、大勢の若い男たちが映し出されている。展示されているポスターには、こんなスローガンが勢いのよい字で書かれていた。

「拓《ひら》け満蒙！　行け満州へ！」

三沢さんによると、満蒙開拓団として農業移民した27万人のうち、もっとも多くを占めたのが長野県から渡った約１００団、約３万７０００人（義勇軍を含む）だった。それに山形、熊本、福島、新潟が続く（注2）。

国策として満蒙開拓団がなぜ必要だったのか、どのように組織されたのかを簡単に年表にまとめてみた。日中戦争が始まる前から、戦争をともなう日本政府の膨張政策の中に、計画的に農業移民が組み込まれている。このような国の政策がそのまま開拓移民一人ひとりの身に降りかかることになるのである。

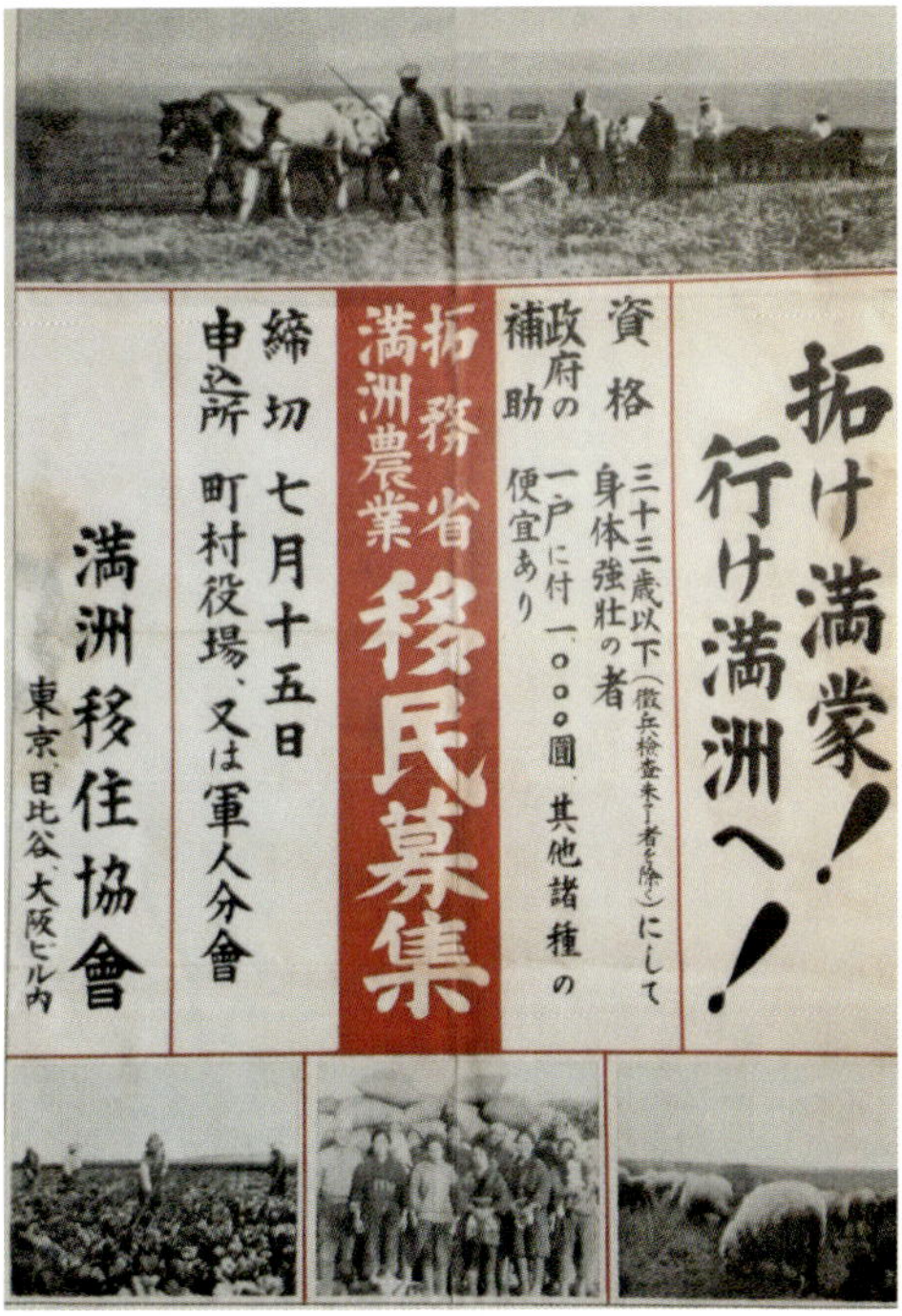

●移民募集のポスター

1929年（昭和4年）…世界大恐慌。

1931年（昭和6年）…満州事変。

1932年（昭和7年）…満州国建国。第一次試験（武装）移民（後に弥栄《いやさか》村開拓団）。国際連盟がリットン調査団を派遣。

1933年（昭和8年）…国際連盟総会が日本の満州からの撤退勧告案を可決。日本は満州国を独立国家と主張し、国際連盟を脱退。

1936年（昭和11年）… 広田内閣、満州農業移民20か年100万戸移住計画発表。

1937年（昭和12年）…日中戦争始まる。

1938年（昭和13年）…「満蒙開拓青少年義勇軍」5000人が渡満開始。

1939年（昭和14年）…政府による「大陸の花嫁」100万人計画発表。

1941年（昭和16年）…アジア・太平洋戦争始まる。

1945年（昭和20年）…8月、ソ連軍の侵攻。敗戦。


満州国の建国にあたって日本は、国内に向けては天皇を中心とした「五族協和」「王道楽土」（注2）を理念とし、学校でも教えた。人びとはそれを信じ込んだ。満州国建国は当時の国際社会から大いなる非難を浴びたが、日本政府は国連を脱退してまでも戦略的、経済的重要性から「満州は日本の生命線」と位置づけ、手放そうとしなかった。入植には現地住民の反発もあった。そのため武装した移民を送り込み、そして大勢の日本人を満蒙（満州と内モンゴル）に定住させようとした。土地を持つのが困難だった信州の次男、三男に「20町歩の地主になれる」という誘い文句は魅力十分だった。

14歳以上の青少年たちも、お国のために有事の際の日本人保護や警備を担う「満蒙開拓青少年義勇軍」を志願、軍事や開拓訓練を受けて祖国を後にした。県下の学校も移民を推奨し、教師が生徒を説得して送り出すこともあった。

悲劇の元になった、長野の「二・四事件」

信州の教師たちが義勇軍に進んで教え子たちを送り出す……なぜそんなことになったのだろうか。もとをたどると1933年にこの地で起きた「二・四事件」にさかのぼる。厳寒期の2月4日から始まった、長野県の教員らを治安維持法違反の容疑で一斉検挙した事件は、この地の人びとを震え上がらせた。

大正デモクラシーの流れを汲んで、個人を尊重する自由闊達な教育方針を取り入れていた長野の教育現場。子どもたちの貧困問題にも取り組んだ。それらに目をつけられ、志のある教師ら１３８人が捕まり、有罪になったり教壇を追われた。多くは子どもらにも保護者からも人気のあった教育熱心な先生たちだった。

恐るべき教育への弾圧は教育現場からものを言える教師を追い出し、国家に忠実な教師だけをあとに残した。あるいは教育現場が萎縮、忖度して国家の顔色をうかがうようになってしまったとも言えるだろう。青少年たちは出征兵士と同じように、「万歳、万歳」で華々しく見送られた。

このように満州国を王道楽土と位置づけた日本の国策と、開拓民や義勇軍として入植した若者、家族連れなども含む多くの人々の希望が合致して成立したのが、のちに大きな悲劇を生んだ満蒙開拓団だった。

しかし一方では、満州拓植《（ママ）》公社によって土地を安く買い叩かれた、満州の農民たちがいた。満蒙開拓団として入った人たちの中には「（すでに開拓された土地を奪ったのだから）開拓とは言えない」と語る人もいたという。「向こうでさんざん現地の人たちを痛めつけて、『こんなひどいことをしていいのか』と思った」と証言を残した人もいる。

やはり、同じ「土に生きる民」だからであろう。入植した信州の人たちは土くれを手にしただけで満州の人たちがどんな苦労をして先祖代々の土地を耕してきたのかを、理解したのではないだろうか。入植した人たちも決して喜び勇んで新天地を耕した人ばかりではなかったこと、加害者としてのやましさのようなものがあったことも、この記念館は伝えている。

8月9日、ソ連軍侵攻

村ごとの開拓団では、家族が力を合わせて収穫に精出す姿が見られた。広大な土地は日本人だけで耕すことはできず、現地の中国人を雇って耕作させることが多かった。

しかしアジア・太平洋戦争で連合軍に押され、日本の敗戦の色が濃くなると若い男性は徴兵年齢を下げて、兵隊として現地召集された。後に残されたのはおもに女性と子ども、高齢者だった。

１９４５年8月9日にソ満国境線を破ってソ連軍が侵攻。満州は一気に戦場になった。頼りにしていた軍隊の多くは、密かに南下していた。残された開拓移民たちは手に手を取り、いくつも川を渡り、密林や湿地を越えるすさまじい逃避行が始まる。痛ましい証言が満蒙開拓平和記念館のライブラリーにも保存されている。

そのひとつ「高社郷開拓団」の高山すみ子さんが語った、集団自決の証言だ。

「ここで覚悟してもらいてえ」。団長さんの言葉で、次々と人びとが自決していった。高山さんも左右にわが子を置いて「白いごはん食べられるから、ののさん(仏)になるか?」と聞いたら、うれしそうに「なる」と言った。男の人に頼んで子どもを撃ってもらった。次は自分の番だと覚悟していたが、高山さんを撃つ男がソ連軍に攻撃されたため、「生き残ってしまった」という。

逃げ回る間にソ連軍に襲われたり、病気や疲労で生き倒れる人びとが相次いだ。体力のない老人や子どもたちは次々とついて来られなくなり、大きな川の前では渡れずに岸に残る老人たちがいた。流れにさらわれた子どもたちも大勢いた。弱い人たちが大勢犠牲になったこと、家族を手にかけて殺してしまった人がいたこと、証言からは同じように地上戦に一般の人たちが巻き込まれた沖縄戦と重なるところが多いように感じられた。さらに満州での悲劇としてあげられるのが、子どもを死なせるくらいならと中国人に預けた(渡した)親が大勢いたことだ。親と生き別れた子どもたちはその後数十年の間、残留孤児として大陸で育てられることになる。

日本の敗戦を知らされて武装解除し、捕虜になってからも、ソ連兵らの暴行は続き、女性たちの中には強姦の被害を受けた人たちが少なくない。自ら命を絶った人、心と体に深い傷を残しただけでなく日本に帰ってからも差別を受けた女性がいたという。

いまも残されたままの「残留孤児」の人々

館内の一画には、帰国後の生涯を残留孤児の捜索や支援に尽くした地元の山本慈昭《じしょう》(1902 - 1990)の展示もある。

慈昭さんは阿智村にある長岳寺の住職であり、国民学校の教師でもあった。１９４５年５月、３つの村の村長から乞われ、50人の子どもたちの教員として妻と幼い２人の女児を連れ、満州へ渡った。阿智郷開拓団が入植していたのは、ソ連国境から南に80キロの北哈嗎《きたはま》というところだった。その頃はすでに東京が焼け野原になり、沖縄にも米軍が上陸していたにも関わらず、国民にそういった絶望的な戦況は詳しく伝えられていなかった。

８月９日のソ連軍侵攻で、シベリア国境近くから列車も食料もない中、ソ連軍の猛撃から逃れる日々が続いた。８月30日にソ連軍に捕まり、シベリアの強制収容所に送られた。１９４７年春、やっとの思いで阿智村に戻ってきたが、妻と娘たちも、教え子たちの多くも満州で亡くなったことを聞かされた。

戦後、慈昭さんは満蒙開拓団の記録を残そうと一軒一軒訪ね歩いて「阿智郷・満州死没者名簿」をまとめた。同時に、近くの天龍村にある「平岡ダム」で、戦時中に働かされていた中国人労務者の骨が祖国に帰れないまま置かれているのを知り、収集した遺骨を持って訪中している。

1972年の日中国交正常化を機に、「日中友好手をつなぐ会」を設立して日本政府やマスコミに働きかけ、中国残留孤児たちの肉親捜しが実現した。自らも中国へ足を運び、聞き取り調査を重ねた。親子が再会し、抱き合って涙するテレビ放映は、全国のお茶の間に流れた。

1981年には、戦後初めて孤児たちが肉親捜しのために成田空港に降り立った。そのとき慈昭さんは自宅を開放し、また帰国者が日本社会に溶け込めるよう支援する施設も用意した。親族との再会を夢見て来日を果たしたものの叶わず、力を落とす孤児たちには「私を父親だと思っていつでもたずねてきてください」と伝えたという。孤児の協力によって当時4歳だった長女の生存がわかり、慈昭さんが訪中したのはその直後。36年ぶりに父娘は再会を果たすことができた。「最後の一人まで」と命ある限り肉親捜しを続けたという。

山本慈昭を描いた映画『望郷の鐘 満蒙開拓団の落日』（2014年・現代ぷろだくしょん）は、次のようなテロップで始まる。

「国家の政策に純粋に協力しただけといっても、この事実は一人一人が責任を問われることになる。国策に尽くした日本国民は加害者であり被害者であったのです」。慈昭さんの口からはこんな言葉が語られる。「騙す者と騙される者が揃わなかったら、戦争は起きなかった」。

国や軍隊は、国民を守れるのか

館内を案内してくれた三沢さんは、広島生まれ。夫の故郷である長野県飯田で暮らすようになって、満蒙開拓団の悲劇を知った。

「母親が子どもを川に流した、というような証言を聞いた当時、まだ私の子どもも小さかったのですが、親としてとても衝撃を受けました。戦争はダメ、平和が尊いんだと私たちが言うのと、壮絶な体験をされた方が『今度生まれ変わったら、平和な国に生まれたい』とおっしゃるひと言とは重みが違う。何も語らずに亡くなった方も大勢いらっしゃるでしょう。この記念館で史実とともに、多くの方々が抱いていた平和への願いをくみ取ってほしいですね」と三沢さんは言う。

遠く満州の地で家族を殺し合うまでの悲劇に見舞われながら、一方では国策の片棒を担いで他国に入って行ったという加害の面もあり、また戦後は、同郷であっても「あの人から誘われて行ったが、酷い目にあった」というような住民同士の心のしこりなどもずっと残されてしまったため、口を閉ざしたままの人も多かったという。そして今でも、大陸に残留孤児、残留婦人として残されている人は、いったいどれくらいいるのだろうか。

なぜ日本軍は人びとを守ろうとしなかったのか。そもそも国が守ろうとするのは何なのか。

「福島の原発事故の報道を見ながら、似ていると思いました。国に見捨てられた棄民という言葉を、原発事故でも耳にします。国策としてすすめられることに、国民が協力してきた構図も同じ。満蒙開拓団から学ぶことは多く、そこからは現代が見えてきます。この平和記念館を、そういう感性を磨いていく場にしたいですね」と静かに語る三沢さんだ。

国家というものの利益が優先されるとき、権力者は「国民の生命と財産を守る」という口当たりのいい言葉を繰り出してくる。しかし、あの戦争で、人びとの生命や財産は守られただろうか。冷静に考えればわかるはずである。

こういった教訓を後世に残すために、満蒙開拓平和記念館では「ピースLabo.」を発足させた。２０１２年に１年間かけてフィールドワークなどを含む「次世代満蒙開拓語り部養成講座」を開催。その講座に通った有志で立ち上げたのが「ボランティアグループピースLabo.」だそうだ。地域の若い人たちも加わっている。

強制労働で作られた、平岡ダム

南信州の天竜川沿いには、天龍村という村がある。長野県下でいちばん早く桜が咲くところ、高齢者率がもっとも高い村としても知られている。

人里を離れ、天竜川が大きく蛇行する位置に、「平岡ダム」がある。豊富な水量をせき止める水力発電のための工事は、日中戦争のさなかの１９４０年に熊谷組が請け負って着工、途中で中断した時期もあったが、12年の歳月をかけて戦後の１９５２年に完成した。

車で平岡ダムへ案内してくれたのは、「平岡ダムの歴史を残す会」の4人のメンバー原英章さん、牧之内好人さん、北沢健二さん、勾田達也さんである。「ここなら、よく見えますよ」と車を止めてくれた場所からは、コンクリートの巨大なダムが一望できた。戦時中、日本のあちこちで行われていたダム工事がそうであったように、平岡ダムでも日本人以外に外国人を強制労働させていた歴史が

●「平岡ダムの歴史を残す会」のメンバー

あった。最初は朝鮮人が、のちに連合国捕虜と中国人が働かされて、多くの犠牲者を出した。

　メンバーの1人で30年以上にわたって平岡ダムの歴史を調べている原英章さんは、元中学教師。現在は飯田市歴史研究所の調査研究員でもある。１９８０年頃、中国人捕虜収容所の所長（中隊長）をしていた人の息子と知り合いになり、地元の歴史を子どもたちにも学んでもらいたいと、教材づくりも兼ねて調査し始めたという。ちなみに前述の長野県で起きた「二・四事件」のことも、原さんから教えてもらって知ったのだった。「満蒙開拓団の悲劇、それから強制労働をさせた加害の歴史、その両面を子どもたちには伝え遺したい」と思ったと言う。

　原さんによると、中国人については詳しい報告書も出されており、慰霊碑も建立されているものの、朝鮮人、連合国捕虜についてはあまり調査が進んでいないとのことだ。

　長野県下にはあわせて約３５００人の中国人が連行された。そのうちの８８４人が、１９４４年に平岡ダムに送り込まれた。日中戦争での捕虜もいたが、多くは労工狩りで無差別に集められた人たちで、年齢は17歳から73歳、職業も農民、教員、警官などまちまちだったという。中国人労工は「興亜建設隊」と名づけられ、粗末な食事と過酷な長時間労働などによって、わずか1年足らずのうちに62人が亡くなった。45年3月には渡し船の転覆事故が起き、その犠牲者もこの中に含まれている。

「土地の人からは『遺体は山中の火葬場で焼かれた。戦争末期には薪も不足し、焼き切れなかった遺体はのど仏の骨を取り出して、崖の上から捨てた。火葬場に運ばれた中にはまだ息があった人もいた』との証言もありました。最近まで骨が出てきたものです」と原さんは語る。

　山中の火葬場から発掘された遺骨は、戦後20年近く経った64年に、全国で見つかった中国人殉難者の遺骨とともに中国に送還された。平岡ダムの犠牲者の遺骨を胸に抱いて中国に渡ったのが、前出の阿智村、長岳寺の住職で中国残留孤児の

インクライン
平岡発電所を建設する際に、滑車で荷物を運搬した道。現在でも「インクラ」と呼ばれ親しまれています。
天龍村観光協会

父と呼ばれた山本慈昭氏だった。

　同年、2万人以上の市民らによる寄附で、高さ4メートルの慰霊碑も完成した。慰霊碑としてはすでに1953年に中部電力によって建てられたものがある。しかしそこには日本人33人の氏名のあとに、「中国人十五名、韓国人十三名」と人数が刻まれているのみだった。平岡ダム建設で犠牲になった中国人は62人。新しい碑には「在日殉難中国烈士永垂不朽」の文字、その裏側には日中不再戦の誓いも刻まれている。


　天龍村役場のすぐ近くにある、自慶院というお寺の境内にも中国人犠牲者を悼む碑があった。中国人労工たちが属していた隊の中隊長が戦後、私費を投じて建てたものだそうだ。

「7年ほど前に、別の供養塔もできました」と原さんが案内した同じ境内の隅には、朝鮮人犠牲者を含む身元不明の遺骨を供養する小さな塔が建っていた。官斡旋で連れて来られた朝鮮人は、長野県知事から厚生省（当時）への報告によると約2000人で、12人の死亡と1575人の逃亡が記録されているが、実態はよくわかっていないという。

中学のグラウンドには連合国軍の捕虜収容所があった

　連合国軍の捕虜が収容されていた場所にも案内してもらった。そこは現在、天龍村立天龍中学校のグラウンドになっている。風にもうもうと土ぼこりが舞っているところは、どこにでもある学校のグラウンドだ。にわかにはイメージできないが、ここに1942年に建てられたのが「満島《みつしま》俘虜収容所」だった。

　案内してくれた4人のメンバーのうち、いちばん若手の勾田《まがた》達也さんは駅伝の選手として地元を走っているときに、この捕虜収容所の歴史を知ったという。

「どんなことがあったのか知りたくて参加しているんですけど、地元の友だちの間でも、戦争の話はタブーというか、しませんね」

　収容所は高い壁に囲まれ、英米など連合国軍の捕虜が約300人収容されていたという。すでにマレー半島やバターンから送り込まれた時点で衰弱していた兵士なども多かったといい、さらなる過酷な扱いで56人が亡くなった。中学校のグラウンドの奥まったところに、住民有志と関係者によって立派な鎮魂碑が建てられている。表には「鎮魂　恒久の世界平和を祈って」。裏には犠牲者の名前が刻まれている。

「英文には厳しいことが書かれていま

す。〈1943年4月、赤十字から薬品の供給があったが、十分ではなかった。薬品の不足が原因で俘虜たちの命は危険にさらされ、実際多くの俘虜がそのために亡くなった。以下に記されているのは収容所の日本人職員が食料や医薬品を抱え込み、俘虜に与えなかったために亡くなった俘虜たちの氏名である〉。これは横浜B級およびC級戦争裁判の公式記録より引き写した文章を、私たちの会が訳したものです」と原さん。

病気などで衰弱する捕虜に薬を与えなかった、救える命を救わなかった恨みは大きかったようで、戦後のBC級戦犯を裁く横浜裁判の結果、初代の収容所所長を含め6人の日本人看守が早々と絞首刑に処せられたとのことだ。

山間部を走る飯田線にも、人々の歴史あり

心残りは、時間がなくて飯田線に乗れなかったことだ。

飯田線は1937年に完成した鉄道で、現在は長野県のJR辰野駅と愛知県の豊橋駅を結んでいる。とくに天竜川沿いの区間は、秘境をゆく情緒ある列車に人気がある。険しい山々をめぐるため、測量も大変困難をきわめ、原さんによると北海道から測量術に長けたアイヌの人々を連れて来てようやく完成したという歴史があるそうだ。仕事を求めて朝鮮から来ていた大勢の労働者も、日本人より低賃金の労働力として使われていたという。

「平岡ダムは、飯田線とそこで働いた人びとなしには造ることはできなかったでしょう」と原さんも語っていた。

戦争が始まる前に、このような前史があったことも覚えておきたい。

満蒙開拓平和記念館

長野県下伊那郡阿智村駒場711-10 ☎0265(43)5580 開館時間 午前9時30分～午後4時30分(入館は4時まで)休館日 火曜(祝日の場合はその翌日)、第2・第4水曜日、年末年始。入館料 大人500円小中高生300円

＊注1 開拓団員数と義勇軍隊員数を合わせると、長野県(3万7859人)、山形県(1万7177人)、熊本県(1万2680人)、福島県(1万2673人)、新潟県(1万2651人)が上位5県。満蒙開拓平和記念館作成。出典元は『満州開拓史』。ただし計画数も入っているため、必ずしも正確な数字ではない。

＊注2 「五族協和」「王道楽土」について。日本は傀儡政権の満州国建国にあたって、五民族(日本人、漢人、朝鮮人、満州人、蒙古人)が協力し平和な国家をつくる「五族協和」、欧米の武による覇道ではなくアジア的な徳を用いた王道によって理想国家を築く「王道楽土」をスローガンにしたが、実態は天皇を頂点とした日本による統治が行われた。

首都圏に置かれた、軍の重大施設

□東京都・浅川地下壕／神奈川県・日吉台地下壕、旧陸軍登戸研究所

大本営があった東京をはじめ、首都圏には戦争の司令塔としての戦跡がいくつも残されている。

神奈川の「日吉台地下壕」、「旧陸軍登戸研究所」などである。八王子にある「浅川地下壕」も、一時は大本営の移転先候補にあげられていた。戦後70年を越える時間とともに傷みが目立つ。戦跡の保存、戦争の教訓を伝え続けている人たちがいる。

東京都内の長い坑道「浅川地下壕」

「浅川地下壕」を探索するフィールドワークには2014年と18年に参加した。集合は登山客もよく利用する「高尾駅」。「浅川地下壕の保存をすすめる会」が月に一度、現地を案内してくれる。

新緑の萌えるなかで行われたフィールドワークには、陽気に誘われたせいもあるかもしれないが、50人近くの人が参加した。小学生ぐらいの子どもを連れた家族も多い。ハイキング気分で緑の中を15分ほど歩いていくと、高乗寺というお寺がある。その近くに地下壕の入口があるという。

「浅川地下壕は金比羅山の地下に陸軍浅川倉庫として掘られ、『イ地区』『ロ地区』『ハ地区』の3か所に分かれています。安全などを考えて、現在見学できるのは、イ地区のみになります。この3か所を全部合わせると、総延長は約10キロにも及びます」

と案内役の中田均さんが解説してくれる。10キロというのは相当大きな地下壕。歩くだけでも大変そうだ。ヘルメットや軍手を身につけ、懐中電灯を準備する。

地下壕の入口は、どこにあるのだろうか。中田さんは一軒の民家の門から入り、家の横手へと回り込んだ。

●中田均さん

なんと、ポッカリと大きな口を開けた地下壕があった。入口は幅、高さとも2・5×2・5メートルぐらい。奥はよく見えない。他の地下壕もそうなのだが、一年を通じて中の温度は一定しており、15℃ぐらいだそうだ。初夏の太陽の下を歩いてきた後では、ひんやりと気持ちがよい。

目が慣れてくると、荒々しい素掘りの壁やでこぼこした坑道が浮かび上がってくる。岩や水たまりもあり、用心しないと足を取られて転びそうになる。洞窟探検だ！　子どもたちは大はしゃぎである。

岩壁に穴を開けるときに使った鉄の棒（ロッド）が、まだ当時のまま壁に刺さっている。ロッドを回転させてできた穴にダイナマイトをつめ、爆破していたという。穴の跡も残っている。この地下壕の中で数年前にはダイナマイトが入った箱も見つかった。掘ったときに出る土砂（ズリ）は、トロッコで運び出していた。その枕木の跡も見ることができた。

平行に掘られた2本の坑道は、突き当たった先でフォークのように多くの道に分かれている。そこへさらに横から延びる道も加わって、地下壕の中は碁盤の目のように複雑な迷路になっている。枝分かれしていく暗闇に向かってずんずんと進んで行き、「コラーッ、勝手に行くんじゃない！」と親にしかられる子もいる。

約10キロという浅川地下壕の総延長は、長野県の松代大本営とほぼ同じだそうだ。1944年9月、松代大本営より一足早く「イ地区」の坑道掘削が始まった。

「関東平野の端っこのほうにあり、山間部へと続くこの地は戦場にふさわしいと考えられていたのか、最初は松代大本営とともに地下司令部の候補にも挙げられていたようです。しかし実際には中島飛行機武蔵製作所の疎開先となり、航空機エンジンが作られていました」と中田さん。

同年11月より、東京近郊での空襲も激しくなり、多摩の武蔵野町にあった東洋最大の航空エンジン製造工場である中島飛行機武蔵製作所も空襲を受け、働いていた従業員や勤労学徒の犠牲が相次いだ。そこで工事を進めていた浅川地下壕を、武蔵製作所の移転先にあてることとなった。地下工場としては狭かったため、新たに「ロ地区」「ハ地区」にも拡張工事が行われた。

「地下壕の大工事を行ったのは、みなさん、どんな人だと思いますか？」中田さんの問いに、参加者はしばし考える。東京帝国大学や早稲田大学をはじめ、多くの学校から学徒たちが集められた。近隣の人々などとも合わせて、労働力としてかり出されたのが朝鮮人労働者だった。日本土木建築統制組合によってまとめられた資料「昭和20年度第一次朝鮮人労務者割当表（1945年4月〜6月）」によると、浅川の割当人数は200人と記されている。もちろんそれ以前から多くの労務者がいたはずだ。その家族を住まわせるための飯場も設けられたという。

　近くにあるお寺の過去帳には、「半島人」と書かれた複数の死亡者の名前が見つかっている。死因や遺骨の有無などはわからない。

高校生たちを連れて、測量に

　ようやく浅川地下壕が稼動し始めたのは、1945年7月のこと。しかしエンジンの生産能力は低く、さらに壕内の湿気により、加工した部品などにもすぐにサビが浮いたそうだ。敗戦間際ではもや飛行機を作る原材料も、その力もなくなっていた時期である。

　8月2日未明には八王子が空襲を受け450人が死亡、都市の8割が消失。5日には浅川町で中央本線の列車が「湯《い》の花トンネル」付近でアメリカの戦闘機P51に銃撃空襲され、52人の乗客が亡くなった。国内最大の列車銃撃空襲と言われる。

　広島と長崎に原爆が落とされ、8月15日に日本はポツダム戦争を受諾、ようやく戦争が終わった。

　その後、80年代になって浅川地下壕の存在が明らかになり、保存に向けた活動も活発になってきた。1990年9月に「八王子の地下壕問題を考える会」が八王子市議会に地下壕の保存と平和資料館建設を求める請願を出し、市議会は翌年3月に採択。同時に地下壕の調査も進められた。

　93年には当時、社会科教師だった中田さんが、高校生と一緒に「イ地区」地下壕の測量調査を行った。

「弁当とメジャーを持って地下壕に入り、月2回、半年かけて約4・8㎞を実測しました。高校生たちは、『次はいつ行く？』と楽しみにしていましたね」と、当時を振り返る中田さん。

　そして97年、地元の市民や学校の教員などが中心となって「浅川地下壕の保存をすすめる会」を結成、行政による保存と公開を求めてきた。会長で「戦争遺跡保存全国ネットワーク」代表でもある十菱駿武《じゅうびししゅんぶ》さんいわく、「このあたりは室町時代から戦国時代にかけての城跡も多く、そういったところは文科省の史跡指定を受けています。けれどもこのような地下壕については行政も消極的なんです。子どもたちが平和や生きた近代史を学べる、大事な遺跡だと思うのです」

　2014年になって、これまで30年以上金比羅山を含む里山を所有していた法人が建築土木会社にこれらを売却し、宅地開発が行われることになった。市民の要請を受けてさすがの八王子市も緑地保全に乗りだし、業者と交渉の末、市が5億円で買い上げることとなった。

　一時は埋め戻しの危機にもあった浅川

●第一校舎レリーフ。左に「1934」、右に「2594」とある

地下壕だが、金比羅山が民有地から八王子市の市有地となったことで保存は現実的になった。「ほっとしました。ただ、地下壕をどうするかについて、まだ具体的な動きは何もありません。粘り強く行政に働きかけていくしかないですよね」と中田さん。

大切に残そうとしなければ、時代の波に押されて価値あるものも失われていってしまうのだ。価値を見いだし、戦争が遺した教訓とともに次の世代に受け継ごうとする人の意志、熱い思いに頭が下がる。だれもが見学できる戦争遺跡として、地下壕がこの先も保存され、平和資料館が設立されんことを願う。

大学のキャンパスに掘られた「日吉台地下壕」

戦時中に掘られた地下壕は、慶應義塾大学日吉キャンパスにもある。「日吉台地下壕」と呼ばれている。

東急東横線の日吉駅を一歩外に出ると、道路をはさんで目の前からすぐ大学のキャンパスが始まっている。休日の昼下がりだったが、学生たちといっしょにゆるやかな坂を登って行った。この日、参加したのは「日吉台地下壕保存の会」が行っている見学会。数か月前に申し込んだところ、2か月先まで予約がいっぱいだと言われ、少し待って参加が叶ったのだった。

ガイドの人たちが最初に案内したのは、現在は高等学校が使っている白亜の校舎。新しい建物のように見えるのだが、戦前に大学予科第一校舎として建てられたという。

「左の壁面のレリーフ（写真上）に、数字が2つあるのが見えますか。1934は校舎が完成した年、もうひとつの2594は当時の皇紀です」

校舎が建てられた10年後の1944年3月、海軍軍令部第三部（情報部）が、敵国情報を収集・分析するために、この校舎の南側の部分に入ってきた。当時、戦況はもう敗戦へと傾いていたはずだ。

●連合艦隊司令部・地下作戦室

42年のミッドウェー海戦で大敗して以来、43年には山本五十六連合艦隊司令長官の戦死、アッツ島での日本軍玉砕、マキン、タラワ両島の守備隊全滅、そして学徒出陣壮行会……。

翌44年3月、慶應義塾と海軍省との間では、大学予科第一校舎の一部と寄宿舎など敷地建物を貸借する契約が結ばれた。7月にサイパン島が陥落、9月1日、連合艦隊司令部地下壕の工事開始との記録がある。9月29日、それまで海上にいた連合艦隊司令部が日吉に移転、地上の寄宿舎に入った。追い詰められて陸にあがった、その時点で戦争をやめる選択は思いつかなかったのだろうか。

海軍省がこの場所を選んだ理由としては、まず日吉が大本営や横須賀の軍港に近かったということ、無線の受信状態がよかったこと、さらに大学に整備されていた水道や電気などをそのまま使うことができたことなど、条件が整っていたためと言われている。

多くの学生たちは戦場や勤労動員にかり出されていた。また工事の出入り口を別に設けていたためだろうか、在校していた学生たちもあまり気づかなかったようだ。

現在の若者たちの声が明るく響くグラウンド裏の石段を下り、「まむし谷」と呼ばれる草ぼうぼうの斜面に沿うように歩いて行くと、突然、連合艦隊司令部地下壕に入る扉が現れた。

陸に上がった連合艦隊司令部

正直言って、こんな地下壕は初めて見た。なんというか、コンクリートでじつに整然と美しく仕上げられている。通路も広々として、これで照明がちゃんと備わればいまも大都会の地下道として活用できそうなのだ。

地下壕は、ところどころで枝分かれし、2・6kmにわたって続いている。空襲にも耐えうるように、地下30メートルという深さに掘ったあと、木製の型枠を組み上げ、そこへコンクリートを流し込んで固めている。

さすがは連合艦隊司令部と言うほかない。これまでに各地で見学した地下壕と比べれば、かけ離れて立派だといえる。司令部が入って指揮を執るための壕もあれば、飛行機やその部品の組み立てのために掘られた壕もある。そのほとんどが、むき出しの岩石や生々しいノミの跡をさらしていた。足元に大きな石がごろごろしていたり、先に進めないほど水が溜まっていることもあった。

この連合艦隊司令部地下壕には「司令長官室」「電信室」「暗号室」「作戦室」などがあった。通常は地上の寄宿舎にあった作戦室から作戦命令が出され、地下の作戦室や長官室はほとんど使われていなかったという。

海軍の特攻作戦もここ日吉で決定されていた。戦争末期で戦果を確認する伴走機もいなくなった特攻機は、突撃直前にモールス符号のツーーッという長符連送をここに送ってくる。受ける通信員はその音が途切れていく瞬間を毎日のように聞き、たまらない気持ちだったという。

45年に戦艦大和が攻撃を受けて沈没したときにも、通信員が戦場からの悲痛な受信を続けていたそうだ。まさにここは戦争を指揮していた大日本帝国の頭脳そのものだった。

権力者による加害の歴史

「日吉台地下壕保存の会」は市民や高校・大学の教員、職員などが中心となって1989年に発足した。

地下壕を史跡として保存するだけでなく、調査や研究を行い、地元の人たちや勤務していた人たちへの聞き取りを重ねて戦争中に日吉台地下壕でどんなことがあったのかを伝え遺そうとしている。

日吉はこの地下壕があったせいかどうかは不明だが、三度空襲を受けている。地下壕のそばにあった園芸農家でも、一家4人が亡くなった。

年間2000人以上が参加する見学会では15人ほどのガイドが解説を行い、「ガイド養成講座」には大学生や高校生など若い世代も参加しているという。平和資料館の建設も目的のひとつだ。

「戦争の記憶を風化させてはいけない、という気持ちで案内しています。日吉台地下壕という形あるものによって戦争をいまに伝えたい。原爆ドームのような市民の被害の遺跡ではなく、ここは戦争を推し進めた側が残した『権力者による加害の歴史』です。見学に来られた人たちには価値観を押しつけるのではなく、実際にあったことを知って当時を想像したり、戦争について考えるきっかけにしてもらえたらと思っています」とガイドを務める会員の一人は語ってくれた。

かつて多くの若者たちを戦場に送り込み、特攻を命じ、死なせてしまった責任。アジアをはじめ海外の多くの人々の命を奪った責任の所在地としての日吉台地下壕。静かな壕のなかで考える。その責任を、この地下壕で指揮を執っていた人たちは戦後どう感じ、引き受けてきたのだろうか。

怪力電波、偽札。秘密戦の「登戸研究所」

明治大学の生田キャンパスは、小田急線の生田駅近くにある。現在は理工学部、農学部がここに配されている。多摩の丘陵地、小高い丘にあるこのキャンパスでも戦争遺跡を見ることができる。

戦争中、この地には「陸軍登戸研究所」が置かれていた。11万坪の丘陵地でどんなことが行われていたのだろうか。

それがわかるのが、キャンパスに2010年に完成した「登戸研究所資料館」だ。

登戸研究所には第一科～第四科が置かれていたが、そのうちコンクリート造の第二科が現在、資料館として使われている。

さまざまな写真や資料が展示されている。「電波兵器」「風船爆弾」「偽札」という不穏な文字が並ぶ。それもそのはず、登戸研究所で行われていたのは、戦争にはつきもののスパイ戦やゲリラ戦など「秘密戦」に備えた開発だったからである。

第一次世界大戦時、欧州では毒ガスなどの化学兵器が使用され、兵士や市民に多大な犠牲をもたらした。日本陸軍も1919年に陸軍科学研究所を設立し、37年には登戸実験場が設置された。最初に始められたのが、電波兵器の実験だった。電波兵器の展示のなかには「怪力電波」（くゎいりき、と仮名がふってある）というものすごい名前を持つ電波もあったけれど、強力な超短波で人体を攻撃するもので、小動物には効き目があったらしいが実用には至らなかったという。

10分の1のサイズで作られた、風船爆弾の展示もある。風船とか、女学生を動員して和紙とこんにゃく糊で作らせたという話から、おもちゃの紙風船のようなものを想像していたのだが、なかなか大がかりな

●10分の1のサイズでつくられた風船爆弾

ものだった。気球のような形をしていて、千葉、茨城、福島などの太平洋沿岸から偏西風に乗るように約9300発を飛ばし、そのうち1000発以上はレーダーにも引っかからずにアメリカ大陸まで到達、着弾したと推定される。

　風船爆弾にはセンサーで飛行高度を調節する高度維持装置がついていて、高度が下がりはじめると砂袋の重りが落下して高度を保つような仕組みになっていた。当時では優れた技術だったそうだ。

　風船爆弾でアメリカ市民の殺傷を狙ったのだろうけれど、兵器としての効果はなかった。ただし戦後になって、風船爆弾の不発弾によって、アメリカ市民6人が死亡するという惨事があったことは付け加えておきたい。

科学技術はつねに、戦争に利用される恐れも

　登戸研究所では、生物化学兵器の開発も行っていた。トリカブトやフグ、毒ヘビから毒薬を作っていた。イヌ、ブタ、サルなどで動物実験も行っていた。展示されていた資料には、化学兵器の研究をしていた伴繁雄氏の証言として、中国の南京で捕虜を相手に人体実験を行ったことが記されている。「最初は厭であったが、慣れるとひとつの趣味になった」（『陸軍登戸研究所の真実』（伴繁雄著、芙蓉書房出版）との言葉からは、実験を重ねるうちに人としての罪悪感、正常な判断を失っていくさまを感じ取ることができる。

　生物化学兵器の開発にあたっては、実験中に毒ガスを吸ったり、爆発物で亡くなった人たちもいた。生田キャンパスの片隅にある「弥心《やごころ》神社」は、そんな犠牲者を祀った場所だという。動物実験に使われた動物たちを供養する「動物慰霊碑」も建てられている。

　2011年に老朽化で取り壊されてしまった木造の建物（登戸研究所5号棟）では、偽札の印刷が行われていた。「偽札を造っていたところは秘密の秘密で3メートルくらいの高い塀に囲まれていた」「印刷された人の顔がずれていないか調べた」など、働いていた人たちの証言もある。戦争に科学技術がいとも簡単に転用されることがわかる。

●キャンパスにある「弥心神社」と登戸研究所跡の碑

戦争遺跡を地域文化財に…

キャンパスの中に点在する戦争遺跡を、どう保存し、活用すればいいかを考え、取り組んでいくために2006年、「旧陸軍登戸研究所の保存を求める川崎市民の会」が結成され、大勢の研究者や市民が参加した。

地域での聞き取り調査や、当時使われていた道具などの収集などは、2010年に開館した「明治大学平和研究所登戸資料館」の展示にも一役買っている。

2011年には「登戸研究所保存の会」と名称を変え、今日までフィールドワークや学習会をはじめ、さまざまな活動を行っている。保存の会と協力している資料館には、これまでに7万人近くが訪れているそうだ。最近は関西や信州方面から修学旅行で子どもたちが訪れることも少なくないという。

「フィールドワークに参加する方たちには、ここで生物化学兵器なども研究され、中国で人体実験が行われるなど戦争の加害を生み出していたことも伝えます。原爆などで大きな被害を受けたことは知っていても、日本が何をしたの？　ということを知らない人も多いですから。とくにこれからの社会を担う子どもたちに戦争の愚かさを学んでほしいですね」

と保存の会の森田忠正さんは話す。保存の会から発行された子ども向けの冊子『ひみつにされた　登戸研究所ってどんなとこ?』は、イラストも可愛らしく、子どもの興味を引きそうなガイドブックだ。

「戦跡を保存し、歴史を伝えていくのは地域の役割。地域全体で取り組んでいく必要があります」

ひと昔前には地元でも知る人の少なかった登戸研究所のことが、ずいぶん大勢に知られるようになった。現在、保存の会は川崎市に登戸研究所を地域文化財に登録するよう働きかけており、実現に向けて進んでいる。

浅川地下壕

個人での見学は不可。見学の申し込みや問い合わせは「浅川地下壕の保存をすすめる会」

http://asakawatikagou.jp

日吉台地下壕

個人での見学は不可。見学の申し込みや問い合わせは「日吉台地下壕保存の会」

http://hiyoshidai-chikagou.net

明治大学平和教育登戸研究所資料館

神奈川県川崎市多摩区東三田1－1－1

明治大学生田キャンパス内

http://www.meiji.ac.jp/noborito/index.html

見学会などの問い合わせは「登戸研究所保存の会」（森田忠正　090-2221-4852）

□広島県・安野発電所

うぐいすの鳴く山里で

●川原洋子さん（右端）

原爆を受けたことで世界に名を知られている広島だが、市内だけではなく街から遠く離れた山間部にも、戦争の記憶を刻む場所がある。そのひとつが安芸《あき》太田町の安野発電所である。戦争中、不足しがちな電力をまかなうために水力発電所が造られたところだ。

日本人の若い男性たちは戦場へ送られていたため、発電所の工事をさせられたのは中国や朝鮮からの人たちだった。戦後70年。その孫世代が、祖父たちの労働の地を訪れた。

ある日突然、いなくなったおじいちゃん

広島の安芸太田町。2012年5月、私はそこへ、中国からやってきた人たちと一緒に行くことになった。前夜、指定された広島市内のホテルに到着すると、ロビーにはすでにたくさんの中国人が集まっており、これから始まる歓迎会を待っているようだった。

何度も訪れたことのある広島。その多くは被爆者に話を聞くためだった。

今回は戦争中に安野発電所で働かされ、亡くなった方々を追悼するのが目的だ。歓迎会のテーブルについた人たちを見回すと、年齢は犠牲者などの子ども世代にあたる40～50代の方が多く、孫世代だろうか、10代、20代の若者の姿もあった。「西松安野友好基金運営委員会」の招きで来日した中国の人たちで、聞いてみるとほとんどが日本は初めてということだった。

「西松安野友好基金運営委員会」の川原洋子さんによると、安野発電所へは戦争末期の1944年8月、中国の山東省、河北省から360人の男性たちが西松建設の安野発電所建設工事に送り込まれ、主に導水トンネルを掘る仕事に従事

させられた。朝鮮人も約８００人が働かされていたという。手荒な扱いによる病気や事故、また広島の原爆によって29人の中国人は生きて再び故郷の土を踏むことはなかった。その地を、子どもや孫が訪れるのだ。

翌朝、中国の人たちとマイクロバスに乗って広島市内から約1時間北西へ走り、安野の静かな里山に着いた。ウグイスの鳴き声が響き渡る、気持ちのいいところだ。小高い丘に「安野　中国人受難之碑」が建てられていた。

二胡の情緒ある生演奏が流れるなかで追悼式典が行われ、日中の関係者があいさつ。続いて全員が進み出て、一人ひとり祭壇に献花した。中国の人々は用意してきた紙銭《しせん》（死者のお供えにする紙のお金）を燃やし、祈りを捧げていた。中央の碑の両側にある小さな碑には、亡くなった人たちの名前が刻まれている。肉親の名を見つけたときはどんな感情がわき上がるのだろうか。ひざまずいて何度も何度

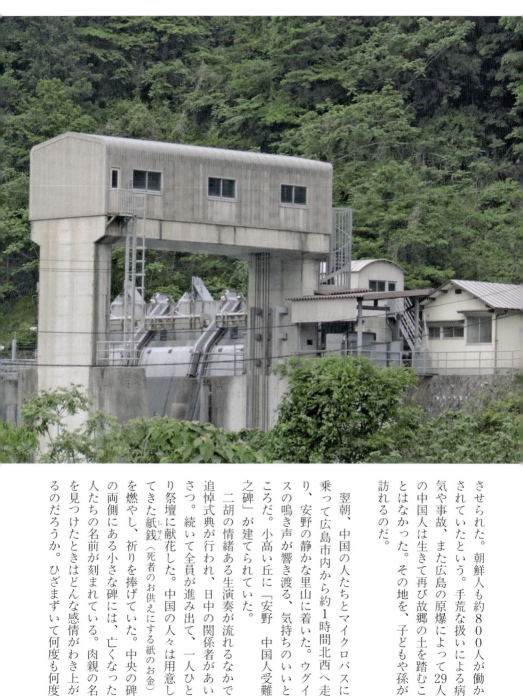

も指で名前をなぞる姿が印象的だった。
「私のおじいちゃんは山東省のお百姓だったんです。ある日突然いなくなって、大騒ぎになりました。日本軍に拉致されたと聞きました。おじいちゃんは戦争が終わっても帰って来ませんでした。おばあちゃんは4人の子どもを抱えて生活も苦しかった。あるとき、おじいちゃんが日本で死んだとわかったらしいけど、詳しいことは何もわからない。どんなふうに死んだのか、おばあちゃんはずっと気にしていました」と目を潤ませて話したのは、呂鳳元さんの孫娘にあたる、呂素英さん。

旧日本軍は働き手を得るために、戦争捕虜だけでなく、中国で農民や商人も拉致して日本に送ったという。数を集めるために農民などを囲い込んで捕らえる「兎狩り」と呼ばれる方法などで身柄を拘束し、日本各地の35の企業の１３５の事業所に送ったのだった。私も中国でその任務に就いていた東京の小山一郎さん（故人）から詳細を聞いたことがある。

呂鳳元さんは安野発電所の劣悪な労働環境がたたったのか、若くして命を落としたという。家族は故郷に残されたまま何も知らされず、一家の大黒柱を失って困窮の極みを経験した。戦後も長く苦しみはつきまとった。孫娘もおばあちゃんから話を聞かされていたのだろう。

案内役の川原さんらの後について、こんどはみんなで山道の長い階段を上がって行く。坪野の貯水槽と呼ばれる水甕があった。ゴボゴボと音をたてて豊かな水が流れ込んでいる。こんな山深くにある貯水槽だって誰かの手で作られたのだろう。眼下にはゆったり流れる太田川が見渡せる。

その場に立って川原さんはマイクを握って話し始めた。戦争が終わった翌月の9月14日、増水した太田川を小舟で渡ろうとして途中で転覆、投げ出されて姿が見えなくなった劉存山さんのことである。他の犠牲者の遺骨は58年に民間の手で中国に送還されたが、劉存山さんの遺体は見つからなかったので遺骨がなく、代わりに川の砂を入れて故郷へ帰したという。

川原さんの話を黙って聞いていた劉さんの姪の劉淑蘭さんは、初めて耳にする叔父の最期の様子を、にわかに受け入れがたかったかもしれないが、「叔父の魂はずっとここで眠るんですね。これからも……」と体を小刻みに震わせて泣いた。一緒にいた訪日団の一行は、そっと立ち去ったが、彼女は去りがたい思いで一杯だっただろう。太田川の風景を目に焼きつけておこうとするかのように、時

間の許すかぎり流れを見つめていた。

西松建設との和解成立

遺族たちを招待した、「西松安野友好基金運営委員会」について、少し説明したい。私が同行させてもらったのは、この委員会が招いた第4回目の訪日団だ。

西松建設は2009年10月、①広島県安野への中国人強制連行・強制労働の歴史的事実と責任を認め、受難者・遺族に対し謝罪を行う。②受難者・遺族に和解金2億5000万円を支払う。③後世の教育に資するために安野に碑を建立し、追悼の集いを行い、そこに受難者・遺族を招くという3つを骨子として、中国人受難者および遺族との間に画期的な和解が成立した。わざわざ「画期的な」と書いたのは、全国あちこちにこのような中国人強制労働の現場があるなかで、このような和解が成立したケースは決して多くないからだ。有名なところでは秋田県花岡での戦時強制労働で、鹿島が5億円の和解金を支払って中国人労働者らと和解したことがあげられる。

西松建設もまた、同じ道を選んだ。そして西松安野友好基金が設立され、日中10人の運営委員による運営委員会が発足した。

戦後かなりの時間が経っていたが、まず中国で、西松組（現・西松建設）が戦後すぐ外務省の求めに応じて作成した名簿をもとに、県や村を一人ひとり捜して歩く調査が行われた。並大抵ではない困難な調査だったはずだ。その甲斐あって、安野発電所で働かされていた360人のうち、このときまでに248人の所在が判明。それぞれに補償金が手渡された。記念碑も建立された。加害者と被害者の連名で建てられたことに意義がある。さらに、友好基金をもとに受難者や遺族を安野に招いて追悼や交流をおこなった。

毎回、この委員会は追悼式を行い、強制労働させられた現場を訪れ、遺族には亡くなったときの様子などがわかれば話している。地元の高齢者から証言を聞く

ことがある。安野の古老たちの証言によると、「44年秋ごろより宿舎の中から泣き声が聞こえた」「両手を縛られ、後ろ手に吊されているのを見た」「1メートルもの大雪が積もったときに、100人いた中国人には50足の地下足袋しかなかった」など、なんともやりきれない話が多い。もらえなかった人はどうしただろうか。しかし今回、地元の古老のひとり、谷キヨコさんが語ってくれた次のような話には、少し救われる思いもした。

「トロッコを押す中国人が、水を飲ませてほしいと家に来よりました。私の祖母はじゃがいもを焼いて食べさせました。同じくらいの年の孫（キヨコさんの弟）が兵隊で台湾に行っていたので、他人事ではなかったのでしょう。戦争が終わると、中国人はお礼にお酒を持って来てくれました。国に帰るときは、うれしかったんでしょうねぇ。トラックに乗ってわいわい帰って行きました」

　88歳の谷さんの話には、孫世代の中国の若者たちも心が動いたようだ。谷さんに近づいていって握手を求めたり、いっしょに写真に収まったり……心温まるいい光景だった。

「もう受難者の方々の多くがこの世を去って、今回の訪日団も半分が孫世代でしたよね。そうなるとどうしても当事者としての視点からは遠ざかってしまいます。受け入れる日本側に若い人たちがいれば、若者どうしの交流も生まれるんでしょうけれどね」

　と川原さんは言う。日本側は大学院生がゼミの先生とともに参加していた以外は、ほとんどが中高年だった。安野に限らず、戦争体験を分かち合うすべての場で、日本人の若者の姿を見かけることは少ない。孫世代同士の交流はどう作っていけばいいのか、これからの大きな課題になるのだろう。

被害者や遺族の気持ちを第一に

　どんな気持ちで親族が眠る異国の地を訪れたのか、言葉が通じれば、中国の人たちにもっと話を聞いてみたかった。でも食事の時間に通訳を通して「中国は共稼ぎが普通だから、男性は料理や家事は得意な人が多いですよ」という話を聞いたり、仕事と子育てに追われる同世代の女性たちに親しみを感じたりした。

　彼らの出身の山東省などが農業地帯で、畑などに興味を持っていることもわかった。というのも、バスを降りてまず彼ら彼女らが指さして口々に話し始めるのが、水田や畑のことだったからだ。「この田んぼの水はどこから引いているのかな」などと言い合っているのだろうか。

道の駅にバスが止まったときも、まず足が向くのはお土産売り場よりも、地産の野菜や種などの売り場だった。面白かったのは、中国人のひとりが山東菜（山東省が原産だという）と書いてある種の袋を目ざとく見つけてそこに人だかりができたのだが、パッケージの山東菜の写真を見て「こんな菜っぱは山東省にはないぞ」「見たことないな」と不思議がっていたことだ。居合わせた日本人旅行者たちものぞきこんで、みんなが大笑いした。慣れない異国で、しかも心の重くなる家族の慰霊の旅で、緊張つづきだったであろう人々のふだんの生活、素顔を垣間見ることができたひとときだった。

訪日団一行は、翌日は広島平和公園の原爆慰霊碑を訪れることになっていた。安野で働かされた中国人のうち5人が、広島市内で取り調べを受けているときに原爆に遭遇し、亡くなったという。そんなこともあったんだ……私はこの日、東京に戻らなくてはならなかったので参加できなかったが、戦争の加害国であった日本が受けた被害について、また無差別に自分たちの同胞の命をも奪い去った原爆や戦争そのものについて、中国の人たちはどんなことを思っただろうか。

和解基金をもとに訪日団を招く事業は、2017年末で終了した。しかしその後も大人数ではなく機会があれば1人、2人でも遺族を招きたいと考えているという。西松安野友好基金運営委員会が開いていた追悼式典は、「広島安野・中国人被害者を追悼し歴史事実を継承する会」に引き継がれることになった。

改めて、和解とはなんだろうかと考える。川原さんは言う。

「大事なのは、被害者や遺族の気持ちです。そして過去を忘れず、将来にどうつないでいけばいいか、さまざまな和解事業を日中で行うなかで中国の人たちといっしょに考えたことも意義深いことだったと思います。これからは基金から市民の力にゆだねられるわけですが、積み上げてきたお互いへの信頼や経験を生かして続けていきたい。ここには歴史を伝える碑もあります。フィールドワークもできます。多くの人たちに安野であったこと、日中間の正しい歴史を学んでほしいですね」

昨年は天津で追悼会を開催した。生存者の一人が車椅子で参加し、140人の遺族もかけつけた。原爆の犠牲者も含めて安野で亡くなった29人のために祈ったという。

過去を乗り越えようとする人と人の交流は、大河の流れのように絶えることはないと信じたい。

安野中国人受難の碑
広島県山県郡安芸太田町坪野

フラガールと炭鉱のまち

□福島県・常磐炭鉱／茨城県・日立鉱山

福島の人気温泉施設として知られる「スパリゾートハワイアンズ」。かつて炭鉱だったこの地が、温泉とフラダンスで人々を惹きつけるようになって久しい。

このリゾート地を含み、福島県から茨城県にかけて本州最大の規模を誇った常磐炭田に歴史の足跡をたどった。

東北がハワイになった

2011年の東日本大震災から9か月経った頃、福島の炭鉱跡に取材に出かけた。泊まったのは「スパリゾートハワイアンズ」。地元の女性たちを中心に結成したフラガールのショーでおなじみのホテルである。当時、まったく先の見えない原発事故の影響もあって、宿泊客は決して多いとは言えなかった。

こんこんと温泉がわき出る大露天風呂に浸かり、夜は「がんばっぺ！」を合い言葉に震災後、ようやく活動再開を果たしたフラガールたちのダンスに夢中になった。満面の笑みと熱のこもったステージに手を叩きながら、こみ上げるものがある。がんばっぺ。ずいぶん前にヒットした映画「フラガール」の数々のシーンを思い出す。福島の炭鉱の閉鎖で生活の場を失った人たちの心に、希望の灯をともしたのがフラダンスだった。

なんで、フラ？　いろいろ調べてみると、「日本人がいちばん行きたい楽園、ハワイ」をこの地に作ろうとしたのだという。炭鉱時代には煩わしかった地中からわき出る温泉とその熱を逆手にとって、東北にあったかい南国を作ろう、と

●龍田光司さん

いう発想。びっくりするほどユニークだ。当然のことながら「うまくいくのか?」と半信半疑だった人も多かったろう。しかし専門の舞踊学校を作ってダンサーを育成するという本気さが示すように、生活を支えていた炭鉱を失った代わりに何かを新しく始めよう、と戸惑いながら一歩を踏み出した地域の人たちが町を蘇らせたのだと思う。

その後も景気などに左右されてお客が詰めかけたり客足が遠のいたりと、幾度かの浮き沈みもあり、いままた震災の大きな打撃からなんとか立ち直ろうとする被災地の姿がある。そして大都市・東京でエネルギーを何不自由なく使って暮らしてきた私自身は、福島の地に電力源となる原発を押しつけてきたひとりではなかったか。そう思えば「がんばっぺ」と他人事みたいな言葉を発することのできない、後ろめたさがあるのは確かだ。

日本の経済事情に翻弄されたこの地だが、映画「フラガール」によって、常磐がかつてはヤマの暮らしで成り立っていた事実もまた、広く知られるようになったと思う。

首都へと運ばれた石炭

翌朝、スパリゾートハワイアンズまで車で迎えに来てくれたのは、長年にわたって地域史を研究している龍田光司さんだ。1日かけて、炭鉱の歴史が残る場所を案内してくれるという。

「このスパリゾートも湯本の藤原坑という炭鉱の跡地なんですよ。常磐炭田には戦争中に大小合わせて100以上の炭鉱がありました。40℃もの地熱、多い水量のため、坑内での労働は非常に過酷でした。暑い中、採炭夫は塩をなめなめ働いていたそうです」

福島県から茨城県にまたがり、本州最大の規模を誇った「常磐炭田」。その名前は学生時代に授業で聞いたことはあるが、実は炭田と炭鉱はどう違うのかさえ、いままでよくわからなかった。炭田というのは炭層が広域にまたがっている場所、複数の炭鉱が集まった一大地域のことを言うそうだ。日本国内には常磐炭田の他にも、北海道の石狩や九州の筑豊などよく知られた大規模な炭田がある。

1856年（安政3年）、笠間《かさま》藩に出入りしていた材木商、片寄《かたよせ》平蔵が白水村の弥勒沢で石炭を発見したことに始まる。それ以前に片寄は江戸に滞在していた際、黒船を見物し、石炭を動力としていることに衝撃を受けていたという。石炭は日本の近代化にともなって急速に京浜地区での需要が増したため、京浜からそう遠くない常磐炭田への期待や依存度はおのずと高まった。

掘り出された石炭は、当初は小名浜《おなはま》港から船に積みこまれ、首都へと運び込まれた。明治後期に磐城線（現在の常磐線）が開通すると、湯本から鉄道で運搬されるようになった。

いつの時代も便利な首都圏で暮らす人間は自らエネルギーを作り出すことができなくて、遠くから送られてくる資源を頼って生きてきたのである。

常磐炭田で最大のヤマと言われるのは、戦争中の１９４４年に「磐城《いわき》炭鉱」と「入山《いりやま》炭鉱」という二大炭鉱が合併してできた「常磐炭鉱」だ。常磐炭鉱は戦後も、85年にヤマの灯が消えるまで日本の高度成長を支え続けた。

龍田さんの案内で、湯本から内郷《うちごう》、そして磐崎《いわさき》へと向かう。道すがら、もうすすけてしまったコンクリートの選炭工場や、よどんだ坑内に新鮮な空気を送るための扇風機上屋、巻き揚げ機など、炭鉱時代の産業遺跡をいくつも目にすることができた。車から降りて写真を撮り、もう使われることのない炭鉱の設備がそのままの形で残されていることにある種の感慨を覚える。これらの遺跡に刻み込まれた過去とは、どんなものだったのだろうか。

いまも遺骨が眠る、いわきのお寺

常磐炭田では、日本人に混じって一時期は多くの朝鮮人が働いていた。とくに１９３９年10月に始まった企業による「募集」から「官斡旋」、「徴用」への強制連行と呼ばれる時期には、２万人余りの朝鮮人が常磐炭田に連れて来られた。朝鮮人労働者が占める割合は、常磐炭田全体で約19%、常磐炭鉱では約30%になり、なかでも危険な採炭労働では50%以上が朝鮮人だったという。

「落盤事故や病気で亡くなった人たちのほか、変死、自殺した人もいました。戦後は朝連（在日本朝鮮人連盟）や日本人が、お寺の過去帳や会社の災害原簿、地元の新聞記事などを調べて、私の知るところでは３０３人の朝鮮人犠牲者の身元がわかっています」と龍田さん。

いまも遺骨は複数のお寺に眠っているという。龍田さんは地元のいくつかのお寺へ案内してくれた。

いわき市内郷にある真言宗の名刹、願成《がんじょう》寺。池をまたいで国宝の阿弥陀堂まで橋がかかる、手入れの行き届いた浄土式庭園は優雅さをたたえ、宇治の平等院を思わせる。新緑や紅葉の時期には大勢の観光客が訪れるようだ。このお寺には入山地域の朝鮮人犠牲者8人の遺骨も納骨されているという。

「肺結核で亡くなった、蔚山《ウルサン》郡出身の朴守福さんは、韓国の真相糾明委員会の調査の結果、数年前に妹さんと甥が慶州で見つかりました。朴守福さんは当時まだ20歳すぎたぐらいだったのに……故郷のお母さんにも知らせは届かなかったのでしょう」

　戦後60年以上経って、ようやく遺族が見つかるということもあるのだ。龍田さんら日韓双方での地道な調査の積み重ねが、こういった形で報われることもある。しかし長い年月の末、遺族が見つかっても高齢で来日することができなかったり、また高齢者施設に入っていて手続きさえままならない、という例もあるという。

　同じくいわき市湯本にある日蓮宗の妙覚寺は、昭和40年（１９６５年）に火葬場の跡地に建てられた。炭鉱の犠牲者を焼いたといわれる煙突が、そのまま「万霊塔」として使われている。かたわらにある寺の縁起には、「常磐炭鉱朝鮮人強制連行労務者の精霊を幾久しく供養する」と刻まれている。先代のご住職が「わいわいと運動会のような人々の声が聞こえてきて、どうも朝鮮人犠牲者の声ではないか、と思って供養を始めた」そうである。

　いわき市平《たいら》の曹洞宗、性源《しょうげん》寺には、日本人の墓石に混じって朝連の人々が１９４７年に建てた「朝鮮人労務犠牲者の碑」も。１９３人の名が刻まれている。日本の侵略戦争を批判した碑文を受け入れることに多くの寺が難色を示したというが、そんな中で犠牲者の過去帳を持っていないにもかかわらず、性源寺が進んで引き受けたのだという。

●妙覚寺の万霊塔

戦前戦後にストライキも

　磐城炭鉱では、戦前戦後に朝鮮人労働者による抵抗運動がたびたび起きた。１９４０年1月、同胞が体罰を受けて亡くなったことに憤り、４３０人がストライキを起こした。他にも労働条件の改善を求めたり、期限2年という労働の約束が守られなかったことを理由に定着拒否のストライキも行われている。

「戦争中、日本人はズルけることぐらいしかできなかったが、朝鮮人労働者は違った。戦後（解放後）も賃金の支払いや早期帰国を求めて常磐闘争を起こし、さらに介入してきたＧＨＱにも抵抗して検挙された人もいました。彼らが労働運動に及ぼした影響は大きいと思います」と龍田さん。過酷で不当な扱いに対して、労働者の尊厳をかけて闘った人々がいたことはほとんど知られていない。

　龍田さんら「平和を語る集い」のメンバーは、毎年3月初めにいわき市南部にある勿来《なこそ》の公民館で「平和のための戦争展」を開き、戦時に地元でどんなことが起きていたのかを人々に伝えている。龍田さん自身は白河の高校で社会科教師をしていたが、本格的に常磐炭鉱の歴史を調べたいと思ったのがいわき市に移り住んだ理由のひとつだったという。退職後は韓国語を学び、遺族捜しや聞き取り調査にも生かしている。

「私が本当にやりたいのは、戦争中に常磐炭鉱で働いていた人にもう一度ここへ来てもらって、当時の様子を地元の人たちに話してもらうことなんです。もうこんなに時間が経ってしまったから、実現させるのはなかなか難しいことではあるんですけどね」

フラガールだけではなく、炭鉱の歴史、それも負の歴史があったことを、若い世代にも伝えていきたい、と語る。

銅の生産地だった、日立鉱山

いわき市から太平洋沿の常磐線づたいにずっと南へ下ると日立駅がある。ここは茨城県だ。

近代的な駅に降りたって周囲を見回すと、HITACHIと書かれた看板がいくつも目に飛び込んでくる。

この地に日立鉱山と呼ばれる銅の生産地があった。銅といえば足尾銅山ぐらいしか思いつかなかった私は、当然、日立鉱山のことも知らなかったが、戦時中には国内最大級の銅の生産地として名を馳せた。

日立駅の前からバスに乗り、日立鉱山の跡地に建てられた「日鉱記念館」に行ってみることにした。この日はけっこうな雨が降っていたのだが、悪天候の中、そこまで行く人はいないらしく、バスは貸し切り状態。

運転手さんのすぐ後ろに座ると、「天気がいい日はここから鉱山の巨大煙突が見えるんだけど、きょうはダメだね」とか、「このあたりも足尾（銅山）といっしょで、銅山の有毒ガスで山林がやられたんですよ」とガイドしてくれた。巨大煙突というのは、1915年にすでに使われていた高さ155メートルの煙突で、当時は世界一のノッポだったと言われる。ただし今はそこまで高くない。1993年に台風で、下3分の1ほどの所からポッキリと折れてしまったからである。

バスはくねくねと山道をのぼり、目的地に着いた。降りるとすぐ前が日鉱記念館だ。遊園地の遊具のような、水色のやぐらが目に飛び込んでくる。鉛色の空の下でもくっきりと映えるやぐら（次頁写真）は、第一竪坑のものである。当館の資料によると1906年から閉山の1981年まで75年間使われていたという。
地下の鉱物を採掘するために深い竪坑を掘り、ケージと呼ばれる囲いに人間や物を載せてロープを上下させ、巻き上げるという仕組みのようだ。

●第一竪坑のやぐら

ほかにも苔むした石垣にうがたれた坑道の跡や、戦中に建てられた木造のコンプレッサー室など当時の姿をとどめるものもいくつも見受けられる。戦跡がそのまま残っているのだから興味をそそられるのだが、整然としてテーマパークのようにも感じた。

館内の展示は、鉱山の成り立ちや人々の暮らし、日本の近代化を支えてきた歴史が語られていた。日鉱＝日本鉱業は、のちに鉱山王のみならず財閥の主として名を轟かせた久原《くはら》房之助が１９０５年に鉱山を買収。１９２９年に日本鉱業と名を変えた。37年には日立製作所、日本水産、日産自動車などと「日産コンツェルン」を形成。現在ではいずれもグローバル企業として知られる大会社だ。日本鉱業はといえば日本全土のみならず、朝鮮や中国、フィリピンでも手広く鉱山を経営した。

日本一の大煙突は、煙害を防ぐために久原らが知恵を絞って建てたというエピソードも書かれていた。それはそれで驚きもし、興味深くもあった。しかしあえて触れられることのない史実もあった。

戦時中に朝鮮人、中国人、連合軍捕虜たちの強制労働があったことは記されていなかった。

日立鉱山には、４２００人以上の朝鮮人、約１０００人の中国人、約８００人の連合軍捕虜が連行されていた。ほかに自由労働の朝鮮人も数多くいた。ほとんどの人たちが戦後すぐ帰国したが、日本人女性と結婚して日立に残った朝鮮人もあったという。その人や鉱山で働いていた日本人が証言を残している。

「鉱山の歴史を記録する市民の会」がまとめた『鉱山と市民』によると、日本名をつけられ、狭い部屋に頭を互い違いにして寝かされた、逃亡して捕まると半殺しの目にあった、逃げないように厳しく監視された、けがや病気をしていても労働を強制されたなど苛酷な状況が語られている。１９４３年８月に落盤事故で亡くなった朴東玉さんは一晩中生き埋めになり、朝方に「アイゴー、溶けちまう」と言って亡くなったという。このようなことがらは、日鉱記念館では公開されていない。

記念館から20分ほど国道沿いに歩くと、左手に本山寺へ入っていく細い道がある。ここのお寺の前に「ゴミのように捨てられていた」遺骨を、当時の住職が戦後34年もの長い間、無縁仏として預かっていたそうだ。いまの住職がおられたら何か話を聞けたかもしれないが、お留守のようだった。お寺の過去帳には朝鮮人の死者58人の名がある。実際にはもっともっと多いだろうと見られる。遺骨は1979年に同じ日立の「平和台霊園」というところに在日コリアンの人々によって納骨塔が建立され、そちらへ移されている。

　中国人は『鉱山と市民』によると、1944年9月～45年5月まで4回にわたって日立鉱山に連行され、230名の犠牲者を出したとされている。遺骨の返還運動が行われ、1957年に祖国に返還されたとのことだ。いずれも広く知られることのない史実である。

雨の墓地

　雨は強くなってきたが、せっかくここまで来たのだから、平和台霊園に行ってみることにした。日立駅まで戻り、霊園行きのバスに乗った。こちらのバスも私ひとりだった。墓地はかなり高台にあって、見晴らしもよさそうだった。しかし雨の日は、ただただわびしい。

　墓地は思ったよりも広く、にわかに不安がこみあげてくる。はたして納骨塔を見つけられるだろうか。しかし幸運なことに、バスの窓から大きな石碑が見えた。おかげで門に入っても迷わず碑までたどり着くことができた。「茨城県朝鮮人納骨塔」と刻まれており、同胞の人たちが少し前に手向けたらしい花がまだしおれずにそこにあった。

　歴史はものすごいスピードで風化する。そのうえ、あったことがなかったことにされていく。一方で、忘れるな、と死者たちの声がそれに抗う。死者の声に耳を傾け続けなくてはと思う。

願成寺
福島県いわき市内郷白水町広畑219

妙覚寺
福島県いわき市常磐湯本町傾城88-2

性源寺
福島県いわき市平字長橋町23

日鉱記念館
JR日立駅より東河内行きバスで約25分

日立平和台霊園
JR日立駅より平和台霊園行きバスで約30分

□兵庫県・神戸空襲

『火垂るの墓』と人びとの受難

1945年になると、日本の各地が米軍による空襲に見舞われた。

人口の多い都市や軍需工場が集まった町は、容赦なく焼き払われ炎に包まれて大勢の一般市民が殺された。

神戸でも8000人を越える人びとが、たび重なる空襲で亡くなったがそのうち名前が残されている人は、2000人ほどである。

空襲はまた、たくさんの戦災孤児をも生みだした。

赤く焼けた屋根がふわっと浮いて…

「1945年の6月5日。よく晴れた朝でした。私のうちは須磨のお寺でした。学徒動員で工場へ行くために靴を履こうとしていたら、いきなり空襲警報が鳴りました。家を飛び出したら、もうすでに私の頭の上に、アメリカのB29の編隊がひく〜く飛んできました。それが不気味な、重苦しい、なんとも言えない音なんです。すぐに防空壕に飛び込まないといけないのに、私、飛行機見てたんです。すると焼夷弾が降ってきて、火の粉、煙、ものすごいにおい。昼がいっぺんに夜になったように、暗くなりました」

2017年。神戸の中心地、三宮《さんのみや》から少し南にある高齢者向け住宅で、横井和子さんが72年前の神戸空襲の体験を語ってくれた。88歳になる横井さんの記憶は鮮明で、聞きながらそのときの光景が目に浮かぶほど。

「父と兄は家に残って火を消さないといけなかったので、15歳だった私は5歳の弟をおぶって母の手を引っ張って先に逃げました。ところが周りは火の海で、家々が焼け真っ赤な屋根がふわっと浮いて、ドスンと落ちる。一歩進めば目の前に焼夷弾が雨のように降ってくる。煙もうもうの中で右往左往ですよ。何かにけつまずいて、見ると遺体だった。後ろで焼夷弾にやられたのか、ぎゃーっという悲鳴が聞こえたけど、振り向くこともできな

●横井和子さん

い。助け合うなんてできません。人を蹴っ飛ばしてでも親子3人、生き残りたい」

　やっとのことで、横井さんたちは防空壕を見つけた。外から戸をたたいて、開けてください、助けてくださいと頼むと、中から「何人か」。3人と答えると、「よそへ行け」と言われた。あとで知ったことだが、その壕の前に爆弾が落とされて壕の中に入っていた人はみんな亡くなったという。

「ここが死に場所、と逃げ込んだお宮さんの中で、爆撃機が飛び去るのを待ち、ようやく空は明るくなってきた。ああ、助かった。私たちは家族が離れたとき待ち合わせを決めていた山に登りました。すると一番にそこへ上がっていた人がいたんです。町内の訓練でいつも『逃げたらあかん、火を消せ！』と言っていた人でした。なんとも言えない気持ちね。私たちといっしょ。自分が助かりたいの。父と兄の無事を祈って待つ時間が、永遠のように感じられました。そのときの気持ちは忘れられない。もうだめ、と山を下りかけたとき、父と兄が真っ黒になって上がってきた。父は阿弥陀さんを、兄はお寺の過去帳を持ってね。それでみんなで山を下りていったら、あっと叫びそうになった。さっきまであった家が全部焼けてなくなっていたんです」

　日本は神国である、神風が吹く、と教えられていたことを、まだ信じていたんでしょう、と横井さんは振り返る。体験を話す間、何度も「教育って怖いね」と口にした。

「子どもの頃の教育は大事」と横井さんは小学校、中学校へ足を運び、自身の戦争体験を子どもたちに語っている。爆弾が落ちてくることなどをどれだけリアルに想像できるだろうか。実感を得ることは難しいかもしれないが。

　お腹が空いてみじめだった話を聞いて、「白いごはんを食べられなかったなんて。もう捨てたりしません」と感想に書いた子どもや、ガキ大将だった子どもが「友だちとけんかしないようにします」と綴ったことなどを、目を細めて語ってくれた横井さん。もうなかなか聞くことのできなくなった戦争体験者の話だが、「子どもたちが、自分の感性で何かを掴んでくれたらうれしい」と言う。

　横井さんと別れたあと、大倉山公園にある神戸空襲の慰霊碑を訪ねることにした。案内してくれたのは1935年生まれの米倉澄子さん。「戦争中に学童疎開で神戸を離れていたので、私は空襲には遭っていないんですけどね」と言う。米倉さんは先ほどの横井さんの5歳年下になる。ほんの少し年齢が違えば、戦争体験も全然違う。

　ツツジやバラが目を引く小高い丘に、

「神戸空襲を忘れない——いのちと平和の碑」が建っていた。神戸が空襲を受けたのは、1945年2月4日、3月17日、5月11日、6月5日、8月6日などで、死者は合わせて8000人を越える。野坂昭如の『火垂るの墓』、妹尾河童の『少年H』などもこれらの空襲を題材にしている。

犠牲者のうち身元の判明した2000人ほどの名が、いのちと平和の碑に刻まれている。とはいっても中には、「○○の次男」「三姉妹」「○○一家7名」「○○少年の母と祖母」など名前が記されていない人もいる。家族全員が亡くなり、おぼろげにその人を知るだれかによって、かろうじて生きていた証しが残されたのだろうか。それでもないよりはいい。唯一の証かもしれないのだ。名前のなかには中国人、朝鮮人、欧米人と思われるものもあった。

碑を建立したのは、米倉さんも会員になっている「神戸空襲を記録する会」（代表・中田政子）。空襲で亡くなった人の名簿を編纂する市民団体で、1971年に自らも3月17日の空襲に遭った中田さんの母親らが立ち上げたそうだ。お寺を回って過去帳を見せてもらい、慰霊祭で遺族から犠牲者の名前を教えてもらうなどして少しずつ名簿を作成していった。2010年、神戸市に犠牲者の名前を刻んだ慰霊碑の建立を要請、13年に碑が完成した。

碑文は以下の通り。

「アジア・太平洋戦争の末期、太平洋の島に基地を設置したアメリカ軍はB29爆撃機による航空部隊を編成し、1945（昭和20）年2月4日、3月17日、5月11日、6月5日、8月6日など、神戸の市街地や工場に対し、空から大規模な爆撃をくり返しました。

その多くは、街を焼き尽くすために、焼夷弾を用いたものでした。また神戸港の沖への機雷や模擬原爆の投下もおこないました。

このように、神戸市民のいのちとくらしが無差別に破壊されたのです。たび重なる空襲によって、神戸の街は一面焼け野原となり、8000人をこえる市民が亡くなられたといわれています。また、神戸は多くの人びとが行き来し、さまざまな出身地の人びとが住む街であり、戦争の末期には徴用された労働者やアメリカなどの連合国軍の捕虜もいました。

「神戸空襲を記録する会」は、神戸空襲の事実を心に刻み、次世代の人びとに伝える取り組みを進めてきました。ここに私たちは、世界平和を願い、空襲死没者の名簿を収集し、お名前を記した碑を建立いたしました」

国民学校3年生、学童疎開のひもじい記憶

米倉さんからは学童疎開の話を聞かせてもらった。

44年9月、国民学校3年生のときに淡路島へ疎開した。「神戸の中突堤《なかとってい》から船に乗り込みました。母親たちは泣いていました。自分たちが死んだら子どもらは

どうなるんだろうと思っていたんでしょうね」

　淡路島のお寺では、子どもたちも日本が戦争に勝つよう願うことを教えられた。なによりひもじさが辛かった、と米倉さん。

「朝、昼、晩、ぞうすいと漬物よ。ほとんど水のぞうすいで、男の子は天井がお椀に映るから『天井がゆ』って呼んでいました」

　そのうち淡路島も危ないということになって、兵庫県北部の出石《いずし》へ。そこでも飢えとシラミに悩まされた。

「農家の納屋からサツマイモを盗んで食べた子がいて、みんながお寺の本堂で正座させられたこともあった。だれが盗んだか、知ってるけれどだれも言わなかった。先生はお母さんから靴下をたくさん送ってもらっていたんだけど、それを持って被害にあった農家一軒一軒に謝りに行ってましたね。ひもじくて男の子たちが集団脱走したときは、叱りながら先生と男の子たちが向かいあって泣いていました。そして終わったんですね。戦争が。８月15日に先生は私たちを集めて、『日本は負けた』と話しました」

　米倉さんも戦後の混乱の中で、いろんなものを見てきたという。三木の農家に着物を持って行ってお米と交換し、バラックの中に置いておいたらなくなったこと。家に泊めた人が、翌朝まだ家人が目覚める前に兄の靴を履いて出て行ったこと。だれも信じられなかった。

「人を見れば泥棒と思え、とまだ子どもだった私でさえ自分に言い聞かせていました」

　神戸の中心にあるＪＲ（当時は省線）三ノ宮駅には、空襲で親を亡くした戦災孤児が寝泊まりしていた。小説『火垂るの墓』の冒頭でも、妹を失った主人公の少年が駅の構内の丸い柱にもたれかかり、息を引き取る描写

●『火垂るの墓』のモニュメントと米倉澄子さん

●御影公会堂

がある。戦後、駅のガード下では、そんな孤児たちがずらっと並んで靴磨きをしていたという。

「ある日、父とガード下を歩いていたら、母が作ってくれた巾着を男の子がひったくってパーッと走っていった。追いかけようとした私を父が止めました。『追っかけたらあかん、あの子らは親がなくなったんや』」と。

焼け跡には、子どもを亡くした親、親を亡くした子どもがあふれ、ぼう然とさまよい、それでも必死で食べていかなくてはならなかったのだろう。想像するだけで切なくなる光景だ。

「国民学校と学童疎開を考える会」にも入って、横井さんと同じように子どもたちに戦争を語り継ぐ米倉さん。疎開体験を語るとき、「我が子を戦争で亡くしたお母さんの嘆き悲しむ姿をいっぱい見てきました。お母さんを泣かせる世の中にしないでね」と話すようにしているという。

『火垂るの墓』を歩く

神戸の東灘区から芦屋、西宮にかけては作家、野坂昭如が『火垂るの墓』のモデルに選んだ実在の場所がいくつかある。

ふたりが戦火を逃れようと走った先にあった、御影《みかげ》の浜。神戸で生まれ育った私自身も子どもの頃、魚崎に住んでいた祖母と夕暮れの砂浜で遊んだ思い出がある。

御影の浜から石屋川をさかのぼると、川沿いに公園があり、『火垂るの墓』の石碑が建っている。その先を国道二号線が東西に横たわっており、北側の角っこに御影公会堂が建っている。周囲のビルやマンションの中でひときわ異彩を放つレトロな公会堂は、1933年に白鶴酒造の嘉納治兵衛氏より寄付を受けて建設。神戸の空襲では内部はほとんど全焼してしまったが、外壁は残ったそうである。『火垂るの墓』でも御影公会堂はシンボリックに描き込まれ、何もかも焼けてしまった町に動じることなく建つ姿が、生き残った人々の心の拠り所であったことがうかがえる。実際に戦争のときも、また阪神・淡路大震災でも周囲の家々が崩れるなかで倒壊を免れ、避難所として大勢の市民を受け入れた。

兄と妹が神戸の大空襲で母を亡くし、頼って行った先の親戚ではムダ飯食いと言われ、邪魔者扱いされてしまう。行き場を失った兄妹がたどりついたのが、西宮《にしのみや》市に現在もあるニテコ池である。池のほとりの防空壕で、節子は短い生涯を終える。

野坂の原作をもとに、アニメ映画化したのが先頃亡くなった高畑勲監督だが、神奈川新聞の記事（2015年1月1日掲載）の中で、インタビューに答えて「反戦映画と評されますが、反戦映画が戦争を起こさないため、止めるためのものであるなら、あの作品はそうした役には立たないのではないか」と話していたのが印象に残る。その理由を高畑はこう話す。

「攻め込まれてひどい目に遭った経験をいくら伝えても、これからの戦争を止める力にはなりにくいのではないか。なぜか。為政者が次なる戦争を始める時は『そういう目に遭わないために戦争をするのだ』と言うに決まっているからです。自衛のための戦争だ、と。惨禍を繰り返したくないという切実な思いを利用し、感情に訴えかけてくる」

慧眼だと思う。世界で起きている戦争のほとんどは、相手から身を守る自衛のための先制攻撃から始まる。戦争によって潤う一部の人たち以外は、戦争を避けたいとの願いを持っている。しかし、殺されたくない、被害者になりたくないという思いだけでは、攻められたくないから先に攻めよう、憲法を変えて戦争できるようにしよう、または世界最強の米軍と組んでいればよもや負けることはあるまい、というふうにころりと反転してしまうこともある。加害者になることへの想像力を持たない平和主義は、もろくて危うい。

神戸空襲を忘れない——いのちと平和の碑

神戸市中央区楠町7丁目　大倉山公園内

御影公会堂

神戸市東灘区御影石町4丁目4-1

海を越えて来た少女たちは、いま

□愛知県・名古屋三菱朝鮮女子勤労挺身隊／富山県・不二越朝鮮女子勤労挺身隊

戦争中、国家総動員法に基づいて出された国民徴用令。

日本の若者が戦地へ送られ、国内では不足した労働力を補うために海の向こうからも大勢の人を連れて来て働かせた。

その大部分は男性だったが、愛知、富山、静岡などの軍需工場では朝鮮人のまだ13歳〜15歳の少女が「女子勤労挺身隊《ていしんたい》」として働かされていた。

「働きながら学校へ行ける」と誘われて

名古屋には三菱重工業名古屋航空機製作所や愛知航空機製作所があり、日本の航空機の生産拠点とされていた。また港の近くに軍需工場がひしめいていたため、米軍による空襲のターゲットにされた。初めて名古屋が本格的な空襲を受けたのは、１９４４年12月だった。

１９４５年３月の空襲では、名古屋駅が炎上。５月には金のしゃちほこでおなじみの名古屋城も焼け落ちた。敗戦までの１年足らずの間に、たび重なる空襲で街や工場は破壊され、７０００人を超える人びとの命が奪われた。

そんな空襲が始まる前の、１９４４年６月のことだ。

名古屋に朝鮮半島から13歳〜15歳のあどけなさの残る少女たち２８９人が「女子勤労挺身隊」（注１）として到着した。彼女たちは麗水《ヨス》の港で、音楽隊のにぎやかな鉦《かね》や太鼓に送られて旅立った。すでに米軍がサイパンに上陸し、その後、日本の戦況はじりじりと悪化していくのだが、「日本の工場へ行けば働きながら中学校に行かせてあげる」「勉強もお金儲けもできる」という言葉につられ、学校へ行ける、親に仕送りもできる、と向学心のある少女たちはまだ見ぬ日本への希望をつのらせた。親の反対を押し切って海を渡った子もいた。しかし中には、二度と故郷の土を踏むことがなかった少女もいたのだった。

一行は、現在の名古屋市南区にあった三菱重工業名古屋航空機製作所道徳工場へと送られた。女子勤労挺身隊の仕事がどのようなものだったのか、彼女たちの証言がある。みんなで寮生活をし、毎朝隊列を組んで歌をうたいながら工場に通った。作業は１日９時間近く。来る日も来る日も待っているのは労働ばかりで、約束された学校通いなどはとても実現する環境ではなかった。食事はいつも少量。お腹を空かせて落ちているすいかの皮をかじった少女もいた。

工場では誤って機械で指を切断したり、重い金属板を足の上に落として怪我をするなど、慣れない作業には危険がいっぱい潜んでいた。具合が悪くても十分な休養が与えられず、ぼんやりしていると殴られたり怒鳴られることがあった。しかも給料の支払いさえされなかったという。

同44年12月7日午後1時36分のことである。

突然、大地がグラグラと激しく揺れた。熊野灘沖を震源とするマグニチュード7・9（推定）の大地震が、東南海地方を襲ったのだ。死者、行方不明者は1223人にのぼり、多くの軍需工場が倒壊し、沿岸の津波で亡くなった人もいたという。

三菱重工業名古屋航空機製作所道徳工場の組立・塗装工場も押し潰され、働いていた57人が亡くなった。そのうち6人は、朝鮮半島から来た女子挺身隊の少女たちだった。朝鮮半島では、地震はほとんど起こらない。地鳴りとともに大地が揺れる天変地異には、どんな怖い思いをしただろうか。

戦時中に起きたこの地震のことは、多数の死傷者を出したにもかかわらず、当時の日本の新聞などでも大きく報道されていない。理由は地震によってたくさんの軍需工場がダメージを受けたことが知られると戦意が衰えること、また真珠湾攻撃の勝利から3年の祝賀を翌日に控え、お祝いムードに水を差すことを嫌がったからである。

6人の少女たちの名前を刻む

生きて故郷に帰ることができた少女たちも、70数年という年月を経てもう鬼籍に入った人が多い。いまはハルモニ（おばあさん）と呼ばれるようになった彼女たち＝名古屋三菱・朝鮮女子勤労挺身隊と、彼女たちをめぐる問題はその後、どうなっていくのだろうか。

長年、名古屋三菱・朝鮮女子勤労挺身隊の支援を長年続けている人たちがいる。その1人が今回話をうかがった「名古屋三菱・朝鮮女子勤労挺身隊訴訟を支援する会」の共同代表、高橋信《まこと》さんだ。

元高校の社会科教師だった高橋さんは、空襲で多くの犠牲者を出した名古屋、愛知に、朝鮮人犠牲者がたくさんいるのではないかと教師仲間と調べ始めたのがきっかけで、三菱重工業名古屋航空機製作所に「殉職者名簿」が存在すること、6人の朝鮮女子勤労挺身隊の氏名、生年月日、出身地などが記されていることを知った。

三菱重工は戦後、独自に「三菱殉職碑」を建て、空襲、大地震、労災などで亡くなった三菱重工社員など400人近くの名前を、碑のたもとの地中に納められた銘板に刻んだ。ところがそこに女子勤労挺身隊の少女たち6人を含む朝鮮人犠牲者の名前はなかった。日韓会談で戦後の経済支援が決まった62年頃、名簿の朝鮮人名に抹消線が引かれたからだという。

「これでは少女たちがここで働かされて地震で亡くなったという歴史は消えてしまう。三菱にも6人の少女の遺族調査を要請しましたが、その気がありませんでした。そこで韓国の現地調査などを重ね、ようやく遺族たちを捜し出したのです。同時に国や三菱がやらないならば市民の手できちんとした史実を記録、追悼しようと考えました。当時の学徒や三菱徴用工関係者の皆さんなどの協力を得て、１９８８年12月４日に完成したのが『東南海地震犠牲者追悼記念碑』でした」

その後、高橋さんらの働きかけで、「三菱殉職碑」の銘板にも、朝鮮人犠牲者の名前が刻まれた。

●高橋信さん

韓国の高校生たちと、フィールドワークに参加

高橋さんらは毎夏、「日韓青少年平和交流」として少女たちの出身地でもある韓国の光州市から十数名の高校生たちを招き、名古屋に残る戦争の歴史を学ぶフィールドワークを行っている。

２０１７年、私も参加させてもらった。

最初の行き先は、かつて少女たちが働いていた道徳工場の跡地だ。いまその周辺は幹線道路が縦横に走り、ビルやマンション、コンビニエンスストア、学校、病院などが人々の日常を支えている。「ここに三菱重工業の道徳工場があったんです」と高橋さんが指さす場所には現在、スーパーマーケットが建っていて、当時の面影は探すことすらできない。

スーパーの隣の「医療法人名南ふれあい病院」の広い駐車場をずっと奥まで歩いていくと、市民の手で建てられた「東南海地震犠牲者追悼記念碑」があった。そこはかつての道徳工場のすぐそばに位置する。

御影石でできた追悼碑には「悲しみを繰り返さぬよう、ここに真実を刻む」という碑文とともに、地震で亡くなった道徳工場の57名の名前が記されている。朝鮮半島出身の少女６名の名前もあった。そのうちの１人、呉吉愛さんの名前はようやく２０００年になって、かつて一緒に働いていた少女のひとりが母校の学籍簿のなかから探し当てたため、加えられたのだという。

高橋さんが高校生たちを集め、碑について説明する。「この碑は少し斜めに建てられています。１９４４年12月７日午後１時36分、地震があったときと同じ太陽をいまも真正面に受けられるように設計されているんですよ」。高校生たちは碑に花を手向け、同じ年ごろに不意に終わってしまった少女たちの短い生涯に手を合わせていた。

戦時中に、彼女たちといっしょに道徳工場で働いていた87歳の村松寿人さんも来て、当時のことを話してくれた。

「仕事でシンナーを扱いこんでしまう過程があり、働いている人たちにとって苦痛だったのですが、朝鮮の少女たちが来るとその仕事は彼女たちにあてがわれ、他の人たちは免れることができました。ひどいことをするなあと思った。少女たちとは同じ班で飛行機の部品を作っていました。休憩時間になるとみんな黙って物思いにふけっているようでしたね。私も同じ年頃でしたから、親元を離れて寂しいだろうな、家族のことを考えているんだろうなと。少女たちは、教育を受けましたよ。鉢巻きをして、日本は神の国だから必ず勝つという教育です。それは『日本に行けば勉強できる』と彼女たちが夢見ていたこととはまったく違っていました」

●東南海地震犠牲者追悼記念碑

　高校生たちが村松さんに質問をしたが、その中に「職場でひどい目にあって抵抗する人はいなかったんですか」というものもあった。理不尽なことに声をあげるというのは、韓国では当然のことなのかもしれない。

「不満を持っていた日本人もたくさんいたと思うけれど、抵抗はできませんでした。抵抗すると体罰を受ける。徹底した軍国主義だったんです」と村松さんは静かに語った。

　フィールドワークで次に訪れたのが、熱田神宮である。天照大神を祭神とし、三種の神器の一つ「草薙神剣《くさなぎのみつるぎ》」が祀られていることで知られている。現在はパワースポットとして人気があるそうだが、戦時中は戦勝祈願のための神社参拝も盛んに行われていた。

　高橋さんは1枚の色あせた写真を取り出して高校生たちに見せた。寮長に連れられて熱田神宮を参拝した少女たちが、行進している写真だ。（次頁写真）これも皇国臣民の大切な務めだったのだろう。写真に写っている東門の鳥居へ向かって私たちもみんなで境内を歩いて行く。したたる緑、せみの声。あまりの暑さに茶屋でひと休みすることにした。韓国でも人気のあるかき氷を前に、高校生たちの顔がほころぶ。甘い蜜をからめた氷が身体の熱をぬぐい去ってくれた。

　東門へ着くと、少女たちと同じアングルで記念撮影をした。当時の写真と見比べると、門の横に植えられていた樹木がぐんと伸びているのがよくわかる。七十数年の時間の長さを改めて思わせる。

　この神宮が天皇家の歴史と深く結びついていることや、そこに朝鮮の少女たちが皇国臣民として参拝させられたことからは、植民地主義の徹底した同化政策がうかがえる。当時の少女たちの胸中はどうだったのだろうか。写真の表情から読み取るのは難しい。

　韓国の高校生たちは、日本の家庭に数日間、ホームステイするという。お互

●熱田神宮での朝鮮女子勤労挺身隊

いにたどたどしく言葉を交え、たくさんの忘れがたい記憶を刻むのだろう。日韓関係は決していいとは言えないけれど、そんな時こそ人々の交流は大切なのだと改めて思う。

ハルモニたちの終わらない戦争

戦後50年を迎えた1995年に、高齢化した光州の元勤労挺身隊の少女たちやその遺族が立ち上がり、99年に三菱の謝罪と損害賠償を求めて提訴した。

騙されて連れて行かれ、働かされた上に、賃金まで未払いのままなのである。名古屋地裁では少女たちの被害事実を認め、続く名古屋高裁では国と三菱に対して強制連行、強制労働という不法行為を認定し、「強制労働を禁じたILO条約に違反している」と限りなく勝訴に近い判決を下したものの、2007年5月に原告の請求を棄却。最高裁は08年11月、上告請求の棄却を決定し、原告の敗訴となった。強制労働に関する賠償については「日韓条約で解決済み」とする日本政府の言い分が、ここでも認められた形になった。

原告側は名古屋地裁と高裁が認定した事実に基づき、少女たちが異国の地で、過酷な状況のなかで給料も支払われず働かされていたこと、6人が地震で亡くなったこと、戦争が終わって帰国してからも、日本に協力したことを周囲から責められたり、身を売った女たち（挺身隊は、日本軍「慰安婦」と混同されていた）と言われて結婚できなかったこと、また結婚相手や家族から過去をとがめられるなど戦後もそれぞれの苦しみが続いたことなどを訴えて、人道的立場から三菱側に被害の救済を求め続けた。

三菱側は2010年7月、原告との協議に応じるとの回答を寄せ、同年11月から12年7月まで16回にも及ぶ協議が重ねられた。お互いに心を割って話し合ううち高橋さんらも三菱側の担当者から、一時は解決に向けて努力しましょうとの気概を感じたという。しかしながら最終的に「日韓条約で解決済み」という国の方針に従ったであろう三菱側が、救済につながる一切の金銭の支払いを拒んだため、話し合いは決裂。なお、同じ三菱グループの三菱マテリアルは２０１６年、戦時中に強制労働させた中国人との和解に応じて、謝罪と基金の設立を行うことになった。遅きに失したとはいえ被害者や中国から評価されている。

　少女たちは、戦後73年を迎えてハルモニ（おばあさん）と呼ばれる年齢となった。存命でも80代後半である。裁判はいま、韓国の光州に移っている。原告は２０１２年10月に光州地方法院（地裁）に提訴、高裁では15年6月、三菱に損害賠償を命じる判決を下している。現在は最高裁にて係争中。ちなみに徴用工の問題に関しては、文在寅大統領が「個人の請求権は残っている」と韓国の司法判断を踏襲、日本の外務省がこれに反論したことが、新たな論争を巻き起こしている。「個人の請求権」は過去に日本の国会でも議論されており、日韓条約の局長を務めた柳井俊二氏が、条約にしたがって国家として持っている外交保護権は相互に放棄されたが、個人の請求権が消滅したわけではないという答弁を何度も行っている（注2）。最終的に司法の判断がどう下されるかは別として、被害者に個人の請求権があることについては日本国内でも正しく理解されていないようだ。

　東京・品川にある三菱本社前では、いまも毎週金曜日の朝に抗議行動を行う高橋さんらの姿がある。

「私も教師でしたから、自分が教えている生徒たちや自分の娘がもし騙されて異国へ連れて行かれ、地震などで死んでしまったらと思うと、とうてい泣き寝入りできることではありません。被害者はもちろんですが私たちの尊厳を取り戻す課題でもあり、歴史的な責任を果たすために当たり前のことをやっていると思っています」

　抗議行動を終えると、高橋さんは三菱の本社の中に向かって丁寧に一礼して立ち去る。もとより争うことが目的ではない。願いはいつかまた双方が話し合いのテーブルにつくこと。それをあきらめてはいないのだ。

　戦後73年になる今年も、まだ解決していない少女たちの戦争。読者の方々には、もし自分や家族が同じような扱いを受けたとしたら……と少女たちの生涯に想像力をめぐらせてほしいと願う。

地下工場跡を訪ねて

「働きながら学校へ行かせてあげる」「家に仕送りもできる」。そう騙されて朝鮮半島から海を渡ってきた少女たちは、北陸の富山にも送られた。

　富山の地場産業として栄え、現在は東京にも本社社屋を構える「不二越《ふじこし》」という会社がある。沿革によると１９２８年

●中川美由紀さん

に「産業の近代化の潮のなかで機械工具の国産化を目指して創業」したという。

富山市内には広大な敷地の社屋とともに、その名を冠した病院や工業高校などもある。現在はロボットなども幅広く手がけている不二越は、地元では知らない人はいない。

1944年～45年にかけて、朝鮮半島から連れて来られた1090人の少女たちが、当時の不二越鋼材株式会社で働かされた。出征した日本人男性に代わり、兵器を作らせるのが目的だった。12才～15才の少女たちを「日本へ行って働けば、夜は女学校で勉強できるし給料ももらえる。お茶やお華を習うこともできる」などと甘言で騙して、名古屋の三菱、沼津の東京麻糸、そして富山の不二越へも送り込んだのだった。

戦後70年以上経って、少女たちも高齢になり、世を去る人も増えてきた。25年にわたって「不二越強制連行・強制労働訴訟を支援する北陸連絡会」で彼女たちを支えている中川美由紀さんが、富山を案内してくれた。

「初めて会ったときは、まだおばあさんたちも60代だったんですよ」と車を走らせながら、中川さんは話す。富山市から立山の方向に向かうと、不二越が戦時中に掘ったいくつものトンネルがあるという。目の前の冠雪した立山連峰は絵のように美しく、「こういう滅多にない晴天の日は、富山に住んでよかったと思います」と笑う中川さん。車の後部には、ふだん農地を耕し自給自足している中川さんの生活道具、長靴なども積み込まれていた。

トンネルのある大山という地域は市内とちがって雪が残り、吹きだまりではひざまでズボッと入ってしまいそうだった。長靴を借りて慣れない雪の中を中川さんのあとについてヨタヨタと歩き、ようやく地下壕にたどりついた。1945年に入って本土空襲が激しくなり、雪解けを待って大山に製造所の建設が進められたそうだ。そんな中で山の斜面に6本のトンネルが並んで掘られ、約300人の朝鮮人労務者と家族を含め5600人が周辺の数カ所の飯場で暮らしていたと言う。

現在見ることができる、一番手前のトンネルの中は思ったよりゆったりしていた。ツルハシの跡が刻みこまれた壁や天井は、ゴツゴツして荒々しく、仕上がる前に終戦を迎えたことがよくわかった。

入口をおおう蔦からはつららが下がっていた。

「ここで何をしようとしたんでしょうか」と中川さんがつぶやく。というのも工事が始まった１９４５年春の3月、４月というと、東京はすでに焼け野原になり、沖縄には米軍が上陸していた頃である。それを軍や企業が知らないとは思えないからだ。

一昨年から「韓日青少年平和交流団」と称して、夏に光州の高校生たちが富山を訪れている。このトンネルに来ると、自分たちの祖父世代が受けた苦しみに思いを馳せるように壁に手を当てたりするそうだ。原告のハルモニを案内したときにも、やはり涙を流していたという。工場とトンネル、場所は違っても朝鮮の少女たち、少年たちは同じ望郷の思いを胸に働いていたのではないだろうか。

「ほんとうは日本の高校生たちも連れて来たいんですけど、心に響くかどうか……」という中川さんの言葉には深刻な響きがある。負の歴史を教えられていないばかりか、インターネットに散見する韓国や中国へのヘイト発言に影響を受けているかもしれない日本の子どもたちに、どうやって戦時中の強制労働を想像してもらえればいいのだろう。それでも伝えていかなくてはと思うのではあるが。

不二越の社屋にはもはや、72年前の面影を探しようもないが、唯一北門の脇にあるレンガ造りの塀が、当時のままのものだという。

少女だった人たちの証言からは、苦悩の日々がうかがえる。「金属棒の熱い切りくずが指に刺さって、二回手術をした」「寒くて友だちと抱き合って眠ろうとしたが眠れず、友だちと泣いた。父が亡くなったと知らせが来たが帰ることもできず辛かった」「給料は1円ももらえなかった」「休みの日でも外出禁止だった」

塀の中で少女たちは、慣れない仕事や寒さ、ひもじさ、何より遠く離れた故郷を思えばどれだけ辛く心細かっただろうか。この敷地からも見える立山連峰は彼女たちの目にどんなふうに映っただろうか。

「女子勤労挺身隊の存在は、長い間、日本はもとより韓国でも注目されなかったんです。期間も1年ほどと短く、人数も少なかった。韓国では『慰安婦』と混同されがちだったことなども被害者自身で声を出せなかった理由になるのでしょうか。２０１４年に韓国で裁判が始まるようになって、光州市民を中心に大勢の人からサポートを受けるようになったり、苦

ようやく学校でおばあさんたちが体験を話す機会ができるようになりました。まだごく一部なのですが」と中川さん。結婚したあとも、夫に日本で働かされていたことを知られて暴力を振るわれたり、一方的に離婚された人もいる。わずか1年の強制労働がその後の人生に与えた苦しみはあまりにも大きい。

1992年より未払い賃金・慰謝料の支払いと謝罪を求める不二越訴訟が日本で始まった。日本での第一次訴訟後、2000年にはいったん原告と不二越との間で和解が成立した。2003年には第二次訴訟（2011年最高裁棄却）、2013年からは韓国訴訟が始まった。現在、第三次訴訟が行われているが、原告の出生地などのデータが朝鮮戦争で失われており、不二越は「労働の事実は不明」と主張しているという。判決は2019年3月16日に出る。

中川さんたちは不二越の株主にもなり、株主総会でも女子挺身隊について発言をしている。

「おばあさんたちもすでに多くが亡くなりましたが、生きている方のためにできることはしたい。裁判は日本がうやむやにしてきたことを解明するためにも重要です。でも裁判が終わってからも、歴史をきちんと次の世代に伝えて日韓のよい関係を作っていくことは続けたい。光州の高校生に来てもらって日本の家庭でホームステイしてもらうのもそのひとつなんです。終わらないですね」

最初に裁判の支援団体が立ち上がった時には少なからず興味を持ってくれたマスコミも、いまは熱がない。「あの頃とは日本も大きく変わりました」

何があろうと、これまで25年間大事にしてきた韓国との草の根のつながりを、育てていくしかない。そう信じて日韓の間を行き来する中川さんである。

東南海地震犠牲者追悼記念碑
名古屋市南区豊田町道徳

不二越・文殊寺地下工場（トンネル）
富山市文殊寺519

＊注1　女子挺身隊はアジア・太平洋戦争時の女子勤労動員の組織。1943年に閣議決定、翌年の「女子挺身勤労令」で満25歳未満の女子に1年間の勤労奉仕を義務づけた。

＊注2　個人の請求権についての1992年（平成4年）2月26日衆議院外務委員会で柳井俊二条約局長の答弁。「日韓間においては完全かつ最終的に解決しているということでございます。ただ、残っているのは何かということになりますと、個人の方々が我が国の裁判所にこれを請求を提起するということまでは妨げられていない。その限りにおいて、そのようなものを請求権というとすれば、そのような請求権は残っている。現にそのような訴えが何件か我が国の裁判所に提起されている。ただ、これを裁判の結果どういうふうに判断するかということは、これは司法府の方の御判断によるということでございます」

□静岡県・西伊豆

温泉の湧く、伊豆の金山で

あまり知られていないことかもしれないが、伊豆半島にはいで湯の里と同様、数多くの鉱山がある。

それらはもう本来の役目を終えたから、あった、と言うべきかもしれない。

そしてまた、消してはならない灯のように残される鉱山の記憶もあり、土地の人々によって語り継がれている。

金は別格？

伊豆半島というところは、ただひたすらおいしい魚と温泉を満喫できるところだと思っていた。恥ずかしい話だが、関西出身の私は伊豆半島に関してほんとうに乏しい知識しか持ち合わせていない。

だからそこに多くの鉱山がある（あった）と聞いたときにはびっくりした。土肥《とい》金山、持越鉱山、河津鉱山、仁科《にしな》鉱山、久根鉱山、大仁鉱山、伊豆天城鉱山など大小合わせて数十箇所にものぼる。伊豆の鉱山でどんなことがあったのか、このうちの２つ、土肥金山と仁科鉱山のことを紹介したい。

まず、土肥金山である。関東で生まれ育った幾人かの友人に「土肥金山のことを知ってる？」と聞くと、「遠足で行ったことがある」「家族と遊びに行った」などと言う。有名な金山らしいことがわかった。１９６５年に閉山されるまでは、あの佐渡金山に次ぐ金の生産量を誇った時期もあったという。

金山としての役割を終えた今でも、巨大なアミューズメントパークとして観光客を引きつける。目印の大きな看板をめざし、観光バスを仕立ててやってくる人々がいる。他の鉱山が忘れ去られるなかで、ここだけは熱を帯びている。やはり金というのは別格で底知れぬ魅力を持つものなのだろうか。一部の富裕層はさらに豊かになり、庶民のふところは寂しくなる一方のご時世であるから、せめて金運パワーにあやかりたいという願いは切実なのかもしれない。

人気があるのは「温泉砂金採り体験」。温泉水を満たした巨大な水槽がドーンと置かれ、洗面器を手にした人たちが水槽の中の砂金をすくい取るというもの。わずかにキラッと光る砂金の粒を小瓶に入れて持ち帰る老若男女の顔は、一様に嬉しそうである。きっと巨悪に手を染めることなどない、善良な人たちなのであろう、などと勝手に想像する。ほかにも世界一とギネス認定された２５０kgの巨大金塊があったり、黄金の鳥居がそびえていたり、これでもかとまぶしさが目を射続ける。最後は売店で金粉入りのお菓子や化粧品などをおみやげに買って帰るという

のが、お決まりのコースのようである。

建物の外に出ると、かつての土肥金山の坑道の入口があった。観光客に開放され、江戸時代の金山労働の様子を垣間見ることができるようになっている。実際の坑道は総延長１００㎞以上もあり、長く入り組んでいたというが、現在見学できるのはその一部だけだ。

土肥金山の歴史も、その中で語られている。開発されたのは江戸時代。徳川家康も力を入れていたという。管理を任されたのが幕府の金山奉行《かなやまぶぎょう》、大久保長安《ながやす》であった。西洋から学んだ最新式の採掘法などを取り入れ、佐渡につぐ規模に土肥金山を育て上げた。伊豆にはほかにもいくつか金山があった。土肥金山から船で駿府に送られた金が、慶長大判・小判となり、徳川家の財政を支えたと言われる。その後、一時はすたれた土肥金山だったが、明治に入ってヨーロッパの技師を招き近代化したことで、再び宝を産む山として注目されるようになった、とのことである。

温泉熱と湿気の気絶《きだ》え

坑道を入って少し進んで行くと、もわ～っと温かい湯気のようなものに包み込まれた。地下壕などはたいてい涼しく過ごしやすいのだが、ここは温泉の影響を免れない。坑道の中を進んで行くと「黄金の泉」と呼ばれる池がある。いまはお金を洗えば金運がよくなるというパワースポットになっているが、この地下水に労働者たちは泣かされてきた。土肥金山では地底１８０メートルまで掘り進んでおり、岩盤の隙間から湧き出た地下水が流れずに溜まって池になってしまう。そのままにしておくと貴重な金脈が水没してしまうので、溜まった水をくみ出すのが、昔から労働者たちに課せられた苦労だったという。

温泉熱と湿気で、「気絶え」（酸欠状態）にならないために、唐箕《とうみ》と呼ばれる農業用の木製扇風機で風を送っていたのだそうだ。たしかに少しいるだけでも息苦しさを感じる。そういう策でも施さない限り、サウナのようなところで長時間の労働はできなかっただろう。

戦時中の金山労働は…

土肥金山で働いたことがある服部和夫さんを訪ね、話を聞いた。

「父親も戦前から土肥金山で働いていて

ね。おれは高校へ行きたかったんだけど、9人きょうだいで貧しかった。父と母が『お金、どうする?』と話しているのを聞いてしまって、心配かけたくなくて鉱山に入ったよ」

小さな町に労働者たちとその家族1000人以上が住んでおり、飲み屋も歓楽街もあって賑やかだった。金山の地下水はその頃になるとポンプでくみ上げて川に流していたので、海岸付近の水が温泉のように温かく、町の人たちは海水浴のあとにお湯に浸かって楽しんでいたという羨ましい話も。だが、その裏には厳しい現実もあった。そのひとつが、じん肺だ。

●服部和夫さん

「おやじは39歳のとき、じん肺で死んだ。おれが労働組合に入ってすぐ、じん肺訴訟があってね。国会に4回ぐらいかな、座り込みに行ったよ。おやじが死ぬ半年ぐらい前に『じん肺法』(1960年)が通ったけど、それまでにたくさん人が死んだからね。おやじもだんだん呼吸できなくなって、すごく短気になって、気がおかしくなったみたいに。ひどい人生だったと思うよ。おれの友だちのお父さんも、じん肺で何人も死んでるよ」

という服部さん。金山が閉山になった後は土肥町の町会議員になり、戦時中の土肥金山のことも調べるようになった。日本人とともに朝鮮人350人ほどが働かされており、朝鮮長屋と呼ばれる寮もあったという。小学校3年~6年の頃には同じクラスに朝鮮人の友だちもいた。

「父親から、朝鮮の人たちのことはいろんな話を聞いた。たとえば真っ暗闇の中で縦穴を掘っていた人が自分もそこに落っこちて死んだとか、憎しみがあったのか見回りに来ていた日本人の頭上に石を落とした人がいたとか、下田のほうに逃げた朝鮮人がつかまって、首謀者は上半身裸で広場で縛られてせっかんされた、死ななかったけどね。それから日本人の親方が朝鮮人の女性に性的行為を迫ったとかね」

服部少年も、ほかの多くの子どもたちと同じように軍国少年だった。

「覚えているのは朝鮮人の友だちと一緒に、予科練に行こうと言ってね。おれは子どもの頃、天皇陛下のために爆弾抱えて突っ込むようなことを作文に書いたぐらいだったよ。何やってたんだ、と後になって思ったけど」

いまは反戦川柳を「あかつき川柳会」の同人として詠む。反戦川柳とは、「川柳界の小林多喜二」とも呼ばれたプロレタリア川柳家、鶴彬《つるあきら》(1909 - 1938)が築いたジャンルである。

手つかずの　九条確《しか》と　子に繋ぐ　　和夫

「戦争ってさ、人が殺し合うことを人が決めるだね。なんでそんなことをするかね。太平洋戦争の犠牲者は日本だけで300万人。こんなひどいことを神が許すなら、神なんていないんじゃないかと思うよ」

戦争のない世界を作るのは、それを経験した大人として、次の世代への最大の仕事だと服部さんは言う。

１９４５年、わずか半年の間の悲劇

西伊豆白川には戦線《せんせん》鉱業が掘っていた鉱山があり、「仁科《にしな》鉱山」という名でも知られている。伊豆半島の東側は電車が下田まで走っているが、西側での移動はもっぱらバスに頼ることになる。下田からバスに揺られて松崎で降り、そこからは車で町会議員の増山勇さん（写真下）が鉱山へ案内してくれた。曲がりくねった山道を運転し、かつて鉱山だったところに着いた。

いまそのことを示すものは「中国人殉難者慰霊碑」ぐらいである。

●白川の中国人殉難者慰霊碑

うっそうと木々が茂るさなかに、切り開かれた空間があり、「鎮魂」の文字と労働者のレリーフが彫り込まれた碑がそびえていた。ここにはかつて、鉱山の事務所があったという。鎮魂……この鉱山では鎮められるべき大勢の犠牲者の魂があった。

「戦線鉱業というのは、読んで字のごとく戦時中に国策企業として作られたものです。戦闘機に使うアルミニウムの代用品となる『みょうばん石』がこの鉱山で採掘されていました。日本人だけでなく、朝鮮の人たちもたくさん働かされていました。わかっているのは中国人の犠牲者で、河北省などから２００人ほどが連れてこられましたが、なんと半数以上が亡くなっています。戦時中の鉱山労働といえば、花岡事件のあった秋田県の花岡が有名ですが、ここ白川での死亡率は全国のどの鉱山よりも高いのです」

と増山さんは碑の前で説明する。中国人たちは1945年1月、下関に到着した。が、そのときすでに20人が船中で命を落としていた。そして鉱山の労働によって、その後半年あまりの間に52％にあたる計104人の死亡が確認されている。多くは栄養不良だったというから、扱いのむごさが想像できる。

「私が議員になった頃でしたか、戦時中に白川の鉱山で働いていた先輩議員から、『日本人の現場監督は、中国人捕虜の足に逃げられないように重りをつけたり、竹でぶん殴って奴隷のような扱いをしていた』という話を聞きましたよ」

戦後も、たくさんの中国人の遺体が捨てられるように埋められたままになっていた。地元の人たちが発掘し、ていねいに供養した。遺骨は1954年に中国へ返還されている。

慰霊碑が建てられたのは、戦後30年以上を経た1976年である。碑の前では毎年7月第1日曜日に、白川町内会の主催で「中国人殉難者慰霊の集い」が行われている。

「西伊豆の町会議員は党派を超えてほぼ全員が出席します。毎年続いていますし、行くもんだと思っていますしね。静岡や浜松、三島などからも参加者があってとても賑やかです。かつては中国大使館の方や、ここで働いていた生存者が参加されていたこともありました」

犠牲者が多いから、死亡率が高かったから大問題なのだと言ってはいけないとは思いつつも、西伊豆の片隅でひっそり眠る104人の無念を想像せずにはいられない。そんなところで党派を超えての追悼が毎年引き続いて行われていることに、少し救われるような気がした。

命と引きかえに掘り出されたみょうばん石はどうなったのか、聞いてみた。結局、みょうばん石は鉱山から運び出されることもなく、敗戦を迎えたそうだ。意味のない、おびただしい犠牲だけが後に残った。

紙芝居で子どもたちに伝える、鉱山の歴史

白川の鉱山での歴史を、紙芝居で伝えようとしている人たちがいる。

宅老所「みんなの家」を運営する奥田俊夫さん、真美さん夫妻だ。どこかなつかしい感じの古い一軒家を西伊豆、松崎町の高齢者のための通所介護施設にしつらえている。ここに通って来るのは地元で生まれ育った人たちで、靴を脱いで部屋に上がり、ちょっとお茶でも飲みに来ました、というような気楽さで集まっているように見える。施設というよりも知人の家のようで、居心地がいいのだろう。

「だれもが共通で持っている経験が、人と人をつなげるのではないだろうか」と絵心のある真美さんが考案したのが、一人ひとりを主人公にした「人生紙芝居」だった。これまで約80作品を作り、上演している。本人だけでなく家族からも喜ばれる贈り物だ。

●奥田俊夫さん

高齢者の人生のなかには、必ずといっていいほど戦争が含まれる。俊夫さんはこう話す。

「話を聞くと、忘れられないこととして、たいてい戦争体験が入るんですよね。満蒙開拓団で引き揚げてくるときに家族を亡くして自分と妹だけが帰ってきた、ここで初めてそのことを話せたという人もおられて。戦争体験者が亡くなっていく中で、個人の戦争体験だけではなくこの町の戦争体験も紙芝居にして残しておきたいと思ったんです」

その中に、白川の鉱山について語る高齢者もいたそうだ。

２０１２年、白川の鉱山で行われる慰霊の集いに中国人が参加することを知り、鉱山であったことを紙芝居に綴ることにした。題は「あなたを忘れない～太平洋戦争中の白川で～」。お腹を空かして山を下りてきた中国人が物乞いに来たので、地元の人が芋をあげたこと。畑の作物を盗んだ中国人が裸にされ、叩かれていたこと。利用者さんから聞いた地域での話もまじえ、平和への願いを伝える物語になっている。

奥田さんたちは、この紙芝居を小学校で公開したり、利用者さんたちに頼んで子どもたちに戦争体験を話してもらう試みも行っている。鉱山の話を聞いた小学生たちが、慰霊の集いのために折り鶴を折ってくれたこともある。

町には他にも特攻艇「震洋《しんよう》」の格納のために掘られた横穴なども残っているという。

「人生経験や生活文化の継承は、お年寄りの生きがいにもなるんですよね。それはぼくたちが仕事にしているケアの一環でもあるんです。ぼくも妻もこの町の生まれではないけれど、慰霊碑を作ったり慰霊の集いを続けてくれている人たちがいるのだから、次の世代につなぐため、それらを意味のあるものにすることができたらいいと思っています」

顔の見える人から人へ。高齢者から小学生へ。白川ではこうして戦争が語り継がれている。

土肥金山

静岡県伊豆市土肥２７２６ ☎０５５８-９８-０８００ 営業時間9時～17時（観光坑道は16時30分まで）

白川の「中国人殉難者慰霊碑」

静岡県賀茂郡西伊豆町大沢里白川
松崎から車で約20分

□群馬県・月夜野事件、吾妻線

うるわしい地名の陰に

平安時代の歌人が、山にのぼる月を野で愛でたことからその名がついたと言われる、月夜野《つきよの》。すでに廃線となった鉄道があった、六合村《くに》。

戦時中に、群馬のこれらの地で中国人や朝鮮人が働かされていたことを知る人は少ない。

記憶を伝え、つなごうとする人びとを訪ねた。

水のたまった地下工場を行く

月夜野——。

なんとうるわしい響きを持つ地名だろうか。群馬県にあるこの地で、しかし戦時中には歴史の闇とも言うべきおぞましい出来事があった。「薮塚《やぶつか》・月夜野事件」と呼ばれている。

梅雨の晴れ間に恵まれた、2011年6月のある日。群馬県の沼田駅で、長らくこの事件を調べている中島佑介さん、山田和夫さんが出迎えてくれた。二人とも元は教師で、中島さんは中学で社会科を、山田さんは高校で英語を教えていたという。

1944年4月30日と5月8日、利根郡の月夜野町に中国・河北省の永清県や山西省の太原などから612人の中国人が連行されてきた。劣悪な条件のなか、船で長時間運ばれてきたため、すでに到着前に6人が衰弱死し、到着直後に4人が亡くなった。

日本政府は戦時に労働力不足を補うため、中国人労働者を働かせることを閣議決定。中国人俘虜3万8935人が日本に連れて来られ、35社の135事業所で働かされ、あわせて6830人が亡くなった。表向きは戦争俘虜ということだったが実際は兵士ばかりではなく、農作業や商いをしていて捕らえられた一般市民も多かったと聞く。その一部が、月夜野にも送られてきたのだった。

中島さんの説明によると、最初の労働は岩本発電所の水路を掘削することだった。20kmにわたって続く水路は、トラックが通れるほど広い幅。そこをほとんど手掘りで仕上げるという過重労働である。この工事で43人の中国人が栄養失調や病気、けが、ときに凄惨なリンチを受けて死んでいった。亡くなった人たちを法要しているお寺の過去帳や外務省資料などをまとめた死因の一覧表には、「飢餓過労死」「入水・溺死」「変死」など、何があったのだろうと思わせるものもならんでいる。

かろうじて生き残った人たちは、同じ月夜野にあった旧中島飛行機後閑《ごかん》地下工場に送られ、トンネル掘削工事をさせられた。そこでも10人が亡くなっている。

これらの工事現場は、今もそのいくつかが月夜野に残されている。中島さんの案内で、旧中島飛行機後閑地下工場のトンネルのひとつに入った。全部で13本のトンネルが掘られたという。「これに履き替えてください。靴のままでは入れませんから」と手渡されたのが男ものの長靴だった。

トンネルの中は真っ暗闇で、湿っぽいにおいがした。懐中電灯の光を頼りに奥へと入っていく。隣のトンネルへ連結する横道がいくつもある。そこを恐る恐る進んでいくと奥には水が溜まっており、あっという間にずぶずぶと膝のあたりまで浸かってしまった。「わっ、歩けない。なんにも見えない」。手にしていたレコーダーやカメラ、ノートなどを暗がりのなかでしっかりと胸に抱きしめる。転ぶわけにはいかない。水の中に落としてもいけない。そうすれば二度と見つからないだろう。これまでいくつもの地下壕や地下工場のトンネルに入ったけれど、これほど水が溜まっているところ、緊張を強いられたところは他になかった。

この地下工場で工事が行われたのは、1945年3月から敗戦までのわずか5か月間。水戸の海兵団や間組の社員、勤

●（右頁）旧中島飛行機後閑地下工場跡

労青年学徒、果ては地元の小学生までがかり出されて、1万平方メートルに及ぶ地下工場を完成させた。懐中電灯の光でトンネルの壁を照らすと、ノミやツルハシの跡が荒々しく浮かび上がってくる。まぎれもない労働の日々がここであったのだ。戦時中で食べ物が不足していたとはいえ、マントオ（注1）2〜3個のみの食事で突貫工事を命じられた中国人労働者たちにとって、どれだけ過酷な日々であったことか。

「尊厳を踏みにじられた人たちが、生きるために選んだのがストライキでした。労働を命じられて応じなかった中国人たちは、見せしめとしてみんなの前で残酷な方法で殺されたとの中国人労働者の証言があります。また脱走を防ぐために、中国人たちを裸で寝かせていたという飯場もあり、それを地元の人が証言しているんです」と中島さんは話す。

　また同じ中島飛行機の工場で、薮塚にあった「旧中島飛行機薮塚工場」には、1945年4月25日に長野県御岳発電所から中国人276人が送られてきた。

　やはり同じような厳しい労働条件のもとで、50人が死亡。そのうち16人は戦争が終わったのちに命を失っている。戦後の死亡率36・5％というのは、たいへん高い数字なのだ。長野から移送されてきたときに、すでに48人が両目を、22人は片目を失明していたという。理由は栄養失調。そんな状態でもトロッコを押させたりして瀕死の人びとをボロ切れのようになるまで使い、戦後にも死なせてしまった。なんと罪深いことだろうか。

●左から山田和夫さん、中島佑介さん、如意寺住職の坂西成王さん

　しかし、なかには人としての道を貫いた日本人もいた。現・みなかみ町にある「如意寺」。この寺の先々代住職にあたる坂西道仙さんは、月夜野で戦時中、中国人の死者に「佛山」ではじまる特別な戒名をつけ、手厚く葬った。特高警察が「敵国の者を供養するとは、許さん」と脅しても、「死ねば中国人も日本人もない」とひるむことはなかった。異国から連れて来られた中国人一人ひとりの生きた証と、それを伝え遺そうとした僧侶の執念ともいえる思いが込められた、重い過去帳が残されている。

　如意寺の庭には、「中国人殉難者慰霊の碑」が建てられ、毎年10月にはここで慰霊祭が行われている。碑の建立には、旧月夜野町すべての字《あざ》（町など行政の区割り）から寄附があったそうだ。

中国から連行され、過酷な労働を生き延びた人びとと犠牲者の遺族は、日本政府と間組、鹿島に対し、謝罪と補償を求めて裁判を起こすことになった。山田さんらは２００２年に「中国人強制連行薮塚・月夜野事件　群馬訴訟を支援する県民の会」を立ち上げ、被害者を支えてきた。最高裁は２０１１年3月1日、「日中共同声明により被害者の個人請求権は放棄」と原告らの上告を棄却した。しかし、最高裁で強制連行や企業の加担がまちがいなくあったことは事実認定され、さらに「債務者側は自発的に対応し、被害の適切な救済を期待する」と付け加えられた。

「中国人の被害者たちは私に聞きますよ。『日本人は（薮塚・月夜野で働かされた）私たちのことを知っているのか』と。そのたびに私は胸が詰まってしまう」と中島さんは言った。

月夜野事件が戦後、どのように扱われてきたのかを山田さんが話してくれた。

「戦後すぐに日中友好協会が月夜野事件のことを知り、１９４６年には遺骨返還も行われました。けれども中国に帰った人たちはどうしているだろうか、消息を知りたいという気持ちが私たちにはあったんです。中国では薮塚・月夜野で働かされていた人たちが、日本政府を相手に裁判を起こそうとしていたことを知りました。それで支援を始めました。私は陸軍の少年兵として侵略戦争にも加担した。中国の被害者の方々のために、自分のなすべきことではないかと」

戦争のために敷かれた、今はなき太子線

草津、四万、川原湯、伊香保……温泉好きなら知らない人はいない群馬の名湯に誘ってくれる鉄道、それがＪＲ吾妻線である。現在は渋川から大前までをつないでいるが、戦時中は長野原までで、長野原線と呼ばれていた。

長野原から、太子《おおし》というところまでは太子線という支線が走っていた。

太子線は湯治客や地元の人たちのためのものではない。１９４２年10月に工事が始まったことからもわかるように、目的は戦争のためであった。

アジア・太平洋戦争で必要とされた鉄を供給するために、太子の先にある群馬鉄山で掘削工事が行われたのだ。群馬鉄山は、釜石鉄山に次ぐ鉄鉱石の埋蔵量を誇っていたという。鉄鉱石を運ぶために長野原〜太子間に作られた約5・8キロメートルの鉄道が太子線で、群馬鉄山の持ち主である日本鋼管の専用線だった。3年足らずの工期で、45年1月に開通。長野原線は吾妻渓谷や道陸神《どうろくじん》隧道など難所続きであったにも関わらず、驚異的な突貫工事で開通させた。だが結局は戦争に役立たせることはできず、戦後は地域の復興を支え、のちには温泉地へ人びとを運ぶローカル線として愛された。

かつての長野原線、太子線を含む、吾妻線の歴史を調べているのが、ＪＲ東労

組、JR貨物労組のOBが中心となって結成した「吾妻線プロジェクト」（吾妻プロ）である。鉄道に関してはプロ中のプロであるメンバーの方々に、戦争中に作られた鉄道跡を案内してもらった。

「ホッパー」のある珍しい駅

太子線は、1971年に配線となった鉄道だ。かつて線路が敷かれていた、長細いまっすぐな道を歩く。線路というものはこういう場所を選んで敷かれるのだろうか。あるいはでこぼこした道を切り開き、このように整えるのだろうか。線路はなくても線路の身体が残っているような感じだった。

草むらの脇に、ひっそりと埋もれているのが路線の起点からの距離を示す「キロポスト」だ。そういう小道具や道の行く手に待ち構えるトンネルが、ここがかつて線路上だったことを思い出させる。

太子駅があった六合村《くに》にたどりついた。駅の跡地は公園になっている。といってもほとんど手つかずのまま残されているので、廃墟好きの人なら泣いて喜ぶのではないだろうか。錆の浮き上がった鉄道車両の車止めは年代物だ。その先には、蔦がからまっているがたいそう立派なコンクリートの建造物がある。ただ、屋根がない。

「あれはホッパーと言って、鉄鉱石を貨車に積み込むための施設なんです。群馬鉄山で露天掘りされた鉄鉱石はここに運ばれるでしょ。すると柱と柱の間で貨車が待ち構えていて、上から落ちてくる鉄鉱石を積みこむという仕組みです」

と吾妻プロの五味一義さん。なるほど、それで屋根がないのである。このホッパーという設備がある駅も、珍しいそうだ。

ちょうどお孫さんを連れて散歩をしていた地元の人がいたので、昔のこのあたりの様子はどうだったのかと聞いてみた。

「六合村（現・中之条町）は今は人口も1300人ぐらいの静かな集落なんですが、群馬鉄山が閉山される1965年までは、4000人もの人が暮らしていてね。活気がありましたよ。映画館やパチンコ店、焼き肉店……もっと前の戦争中は朝鮮の人も大勢いたよ。近くにずらっと飯場があったね」

●吾妻線プロジェクトのメンバー

太子線などの敷設工事のおもな担い手

は、朝鮮半島から働きに来たり、徴用で強制的に連れてこられた人たちだった。群馬県内には1944年12月の時点で、登録されていただけで1万2000人以上の朝鮮人が住んでいたことが、県の資料で明らかになっている。他に、地域の住民、前橋刑務所の囚人、東京からは早大生も動員された。

もうひとり、六合村にある曹洞宗「龍澤寺《りゅうたくじ》」の住職、明田川道雄さんを訪ねた。戦時中に国民学校に通っていた明田川さんは、村に200人ほどの朝鮮の若者がいたと語る。

「年の頃なら20歳に満たないでしょうか。頭をくりくり坊主にしてね。日本語ではなく、聞き慣れない言葉でお互い話していました。唐松にむしろを敷いただけのバラックでよく生活できたなあと。殴られてアイゴーと大声で泣くのを聞いたこともあります。朝早くからツルハシとスコップで、それでも昭和20年には列車が走ったんですから。ほんとうによくおやりになったと思います」

群馬鉄山や吾妻線の敷設工事では少なからず犠牲者が出たと言われているが、龍澤寺で死者を葬った記憶はないと言う。

「ただ朝鮮のお子さんが、おそらく栄養失調でしょう、亡くなってしまって村人の墓地の片隅に埋められたというのは、私も先代や地域の人から聞いています。亡くなる子どもは珍しくはなく、葬式や供養もしてやれなかったようです。そんな時代でした」

戦後、ほとんどの朝鮮の人たちは祖国に帰ったが、一部の

●旧太子駅の車止めとホッパー

人たちは村に残った。住職が話を聞いた人たちも、もうみんなこの世を去ってしまったとのことである。

鉄道を熟知しているはずの吾妻プロのメンバーたちでさえ、太子線が戦時中、鉄鉱石を運ぶために開通した歴史を知らなかったという。１９７０年から勉強会を始め、労働問題に加えて自分たちの鉄道の見直しを始めた。

「朝鮮の人たちがいなければできなかった鉄道でした。お寺だったら何か知っているかもしれないと、太子線の線路脇にある寺を訪ねたのが、六合村の龍澤寺だったんです」

メンバーは戦後も地元に暮らしていた金山出《キムサンテ》さんの証言を聞いたこともあった。金さんは26歳のとき、徴用で日本に連れて来られ、九州の炭鉱で一銭も受け取ることなく過酷な労働を強いられた。絶えきれずに便所の汲み取り口から逃亡し、九州や大阪を転々としたあとで群馬に落ち着いたという。

まさか、自分たちの身近でこんなことがあったとは……と吾妻プロの会長、蓮見利光さんは言った。朝鮮の人たちの苦労が染みついた線路で、定年まで働いてきた。同じ職場の労働者として、他人事とは思えないのだろう。60代、70代の戦争の記憶を持つ世代でもある。二度と戦争の時代に逆行してはならない……そんな気迫がみなぎっていた。

群馬の森の追悼碑をめぐって

群馬では、全体の約3割を占める軍用機を生産していた中島飛行機製作所をはじめ、鉱山や鉄道、発電所などでたくさんの朝鮮人、中国人労働者を働かせていた。「群馬県内居住朝鮮人数」（県知事、内政部長事務引継書より）では、募集が始まった１９３９年に２６４８人だった朝鮮人は、１９４４年には１万２３５６人を数えている。届け出のない人たちを入れると、もっと大勢になるだろう。

前出の月夜野をはじめ、群馬鉄山、吾妻線工事、堤ヶ岡飛行場などさまざまな現場で働かされ、月夜野町では役場に残っている埋火葬許可証などから、犠牲者が出ていることもわかった。

この土地に朝鮮人犠牲者の記憶を刻むべく、市民によって追悼碑の建立運動が始まり、２００１年、県議会に追悼碑の建設用地を提供するよう求める請願を提出。趣旨が採択され、碑文などをめぐって2年余りの間、市民と県の間で話し合いが行われた。２００４年4月、高崎市にある「群馬の森」に「記憶　反省　そして友好」の碑が誕生（次頁写真）。地域の市民をはじめ自治体の関係者や韓国からの遺族などが参加して除幕式が行われた。その後は碑の前で毎年4月に追悼集会が行われている。

「群馬の森」は、緑ゆたかな県立の都市公園で、群馬県立近代美術館や歴史博物館などの文化施設も整っている。正面入口から入ると奥まったところにこの碑が建っている。歩くとかなり距離があり、公園の広さがわかる。

２０１４年、碑の建立から10年の節目、設置許可の更新を迎えたときだった。碑の存在を快く思わず、更新を妨害しようとするネット右翼らが現れ、群馬県に対して圧力をかけてきたのである。群馬県はこれらの圧力に屈してしまったのか、碑の設置期間更新申請を却下、不許可とした。さらに碑を撤去するように求めてきた。10年の間に何があったのか。県の担当者の多くが入れ替わり、戦時の記憶や反省を市民と共有しなくなったのであろうか。歴史修正主義の政権が一定の支持を得ていることや、書店に反中・嫌韓本がうず高く積まれるようになったこと、ヘイトスピーチが激しくなったことなどにもつながっていると思う。

市民が作った「『記憶 反省 そして友好』の追悼碑を守る会」は、設置期間の更新を県が許可しなかったことは違法だとして、県に不許可処分の取り消しを求める訴訟を起こした。前橋地裁は２０１８年２月14日の判決で、「裁量権を逸脱し、違法である」として県に不許可処分を取り消すよう命じた。しかし市民側が求めた従来どおりの10年間の設置期間の更新については、県に裁量権があることを示した。県は判決を不服として控訴、市民側も付帯控訴を行うことになり、２０１８年９月に東京高裁で控訴審が始まっている。

旧太子駅（太子駅跡）

群馬県吾妻郡中之条町大字太子２５４　長野原草津口駅から六合村営バス。車では関越自動車道「渋川伊香保インター」から約50キロ

群馬県都市公園 群馬の森

群馬県高崎市綿貫町９９２-１

＊注1　饅頭のこと。具の入っていない中国の蒸しパン。

瀬戸内海に面した街の、あの時代

□兵庫県・相生《あいおい》旧播磨《はりま》造船所

瀬戸内海に面したおだやかで風光明媚な町、兵庫県相生市。

戦争中には旧播磨造船所で朝鮮人、中国人、連合国捕虜などが、過酷な労働を背負わされていた。

戦後になって在日コリアンの人びとを中心に無縁仏への供養が始まった。

異国でなくなった同胞への思いは、戦後50年にあたる１９９５年に起きた阪神・淡路大震災の犠牲者の魂をも包み込むこととなった。

造船所で亡くなった人びと

相生はおだやかな瀬戸内海に面した、歴史ある街である。神戸駅から電車で西へ約1時間。そこから姫路へは約20分のところにある。万葉集にも歌われ、平安

時代の歌人、和泉式部ゆかりの地としても知られる。活きのいい魚が獲れ、高台に上がると小島がいくつも並ぶ瀬戸内海が見渡せる。訪れたのは２０１４年の春だった。

港に近づくと、湾内にたくさんのクレーンや船がひしめき、造船の街であることもわかる。明治時代から相生は造船と深く結びついていた。アジア・太平洋戦争時には旧播磨造船所があり、港にトンネルを掘って潜水艦も造っていたという。

旧播磨造船所では朝鮮人、中国人、連合国捕虜などが、昼夜を問わない苛酷な労働を強いられていた。(注１)

１９９１年に兵庫県朝鮮人強制連行真相調査団の調査で、戦時中に朝鮮人２０１８人がこの造船所で働かされ、そのうち約60人がなくなり、同市の「大島山善光寺」に無縁仏として祀られていることがわかった。

「長い間、供養する人もなく心細かっただろうと思うと申し訳なくて。なんとか碑を建てられないだろうか」と地元の在日コリアンの人たちが中心となって結成したのが「相生平和記念碑を建てる会」（後に、守る会に名称変更）だった。会長の金清一さんが、平和記念碑をはじめ、戦争の記憶をたどる旅に案内してくれた。

「私の父も播磨造船所で働かされていたんです。現場で班長をしていたと聞きました」。

と、車を運転しながら話す、金さん。笑顔も語り口調も穏やかな人だ。盆栽に夢中だそうで、手塩にかけている花や樹木の話を始めると止まらない。父親は大牟田の炭鉱で働くために朝鮮半島から渡って来たが、激務に耐えかねて逃走、転々としたあと、戦時中に旧播磨造船所に徴用されたと語ってくれた。鉄板に穴を開けてボルトを通す「カシメ」という仕事をしていたそうだ。

「私は19年生まれですが、父からは苦労話をよく聞かされました。同級生の日本人にも父親を戦争で亡くした、片親の子が多かったね。そんな時代でした」

港を見下ろす橋の先には、連行されてきた朝鮮人、中国人、オランダ人らの飯場があった。また「ここには木造の寮がありました。けんかして亡くなった人がいてね、この先に運ばれて野焼きにされたと言われています」と案内された場所は、いまは駐車場になっていた。寮では８畳の間に20人が寝かされ、粗末な食事と苛酷な労働が与えられ、毎日、寮から港まで行列を作って歩かされていたという。いまではもう、当時を連想させるものは何も残っていない。

60名ほどの無縁仏が安置されている善光寺は、港のすぐ近くにあった。当時も門がなかったため、だれもが気軽に入ってこられたと思われる。

「お寺の縁の下に、亡くなった人の骨が置かれていたんです。だれかが見かねてお寺ならと持って来たんでしょうな。なかにはキャラメルの空き箱に入った遺骨もありました」

ぽつりぽつりとはき出すように、金さ

んは話す。父親と同じような目に遭って命を落とした同胞たちを忘れないために、金さんたちが建てたいと思ったのが納骨堂と碑だった。

相生市の東部墓園の一画に、相生市が土地を無償提供してくれた。朝鮮の寺院をかたどった納骨堂「相生平和記念碑」

（写真上）。正面には強制連行の説明が刻まれ、日本語と朝鮮語で平和を誓う碑文が添えられている。

韓国民団相生分団と朝鮮総連相生支部が協力し、日本人も支援して募金の半分を集めた。南北の違いや民族を超えた協力……金さんたちにとっては、碑の建設は友好の証しとしてとても画期的なことだった。

心静かに手を合わせる場所がほしい

しかし、完成までには紆余曲折があった。

1995年の年明け。記念碑の完成予想図もできあがって、さらなる募金を呼びかける記事が新聞に掲載された、その朝は……。

「忘れもしない1月17日。阪神淡路大震災の朝でした。それはもう、記念碑どころの騒ぎじゃなくなってしもうてね」

その日から金さんの日常は、仕事もそっちのけで救援物資を車に乗せて、壊滅した神戸まで運ぶ毎日になった。記念碑の計画ははるかに遠のいたように思えた。しかし、そこで同胞の人たちの頭によぎったのが「震災で無縁仏が出るかもしれん」ということだった。

震災後にもかかわらず、多くの市民から募金があった。同年11月、待ちに待った納骨堂と碑が完成。その後、神戸市長田区の自宅で下敷きになって亡くなった老夫婦、宝塚市の仮設住宅で孤独死した男性など、悲しい予想どおり大震災で無縁仏になられた6名の同胞を引き受けた。さらに地元の在日コリアンで、女系のため祭祀（チェサ）ができないという人たちの遺骨もいっしょに供養している。

「この記念碑は、朝鮮半島の方角を向いています。徴用で亡くなった人も震災の犠牲者も、みんなで仲よく眠ってほしいというのが私たちの願いです」

震災から毎年、1月17日の朝に、相生平和記念碑でも慰霊祭が行われている。

早朝に神戸から火をもらってきて、供養のために灯す。「せめて神戸の人と同じようにしてあげたい、と思ってね」

　もうひとつ、金さんが力を入れているのは地元の子どもたちに歴史を伝えることだ。学校の人権教育ではパジチョゴリ（男性の韓服）を着て、戦争中にこの街であったことや、記念碑に寄せる気持ちを語り伝える。相生の大通りには強制連行されて来て、戦後の帰還事業で北朝鮮に渡った人が、街を離れる前に植えたプラタナスの街路樹が大きく育って、葉を茂らせている。小さい街に日本人と朝鮮人のつながりがたくさん見られるのだ。

　港に近い河口付近を歩くと、2艘の細長い船にずらりと並んだ漕ぎ手が、春の光を跳ね返す水面を切るように櫂をあやつっていた。速い速い。「ああ、もうすぐペーロンやね」と金さん。相生の初夏の風物詩、ペーロン祭の練習だそうだ。ペーロンは「白龍」と書かれることからもわかるように、もとはといえば中国から伝わった船のこと。長崎では明暦の頃に、中国の船が長崎港で暴風雨に遭い、これを鎮める祈りを海神に捧げて行ったのがペーロン競争の始まりであり、相生ペーロン祭は大正時代に長崎出身の造船業労働者が故郷をなつかしんで行ったのがきっかけだそうである。地元の伝統的な行事なのである。

　不幸な歴史はあったけれど、たくさんの豊かな文化に育まれた町であったことも事実だ。

「記念碑は、みんなが平和を願って心静かに手を合わせる場所であってほしいと思う。国や民族を越えて、心と心が通えば、人は寄ってくる。私はそのお手伝いをずっと続けていきたいね。次の世代、子どもたちにもこのつながりは残したい」

　またいらっしゃい、今度は新鮮なあさりが獲れる時期に、おいしいですよ。笑顔で見送ってくれた金さん。春の瀬戸内海はひねもすのたりである。

●金清一さんと善光寺の住職

相生平和記念碑

兵庫県相生市相生据石5342　相生市営東部墓園内

＊注1　中国人28人、連合国捕虜39人が死亡した。

フィールドワークでわが街を知る

□千葉県・千葉市空襲　大網白里市の戦跡

ＪＲ千葉駅前のメインストリートに、ある女学校の名前を刻んだ碑がある。千葉空襲で亡くなった女学生をしのぶものだそうだ。

戦後長い時間が経ったいま、わが町の歴史を残そうとする人たちが空襲被害者の実態を調べ、名前を空襲祈念碑に刻んでいる。

空襲で受けた被害だけでなく、加害の歴史を刻んでいる場所へも案内してもらった。

刻まれた名前「よっちゃん」「隣のやさしいお姉さん」

都市の中にも、戦争の記憶は刻まれている。ほとんど気づかれないままの碑がたくさんある。首都圏の主要都市、千葉市でもそうだ。忙しく人々が行き交う街角で、戦跡は私たちに何を語りかけてくるのだろうか。

２０１7年10月。ふだん、千葉で日々の暮らしから社会のことに目を向け、学んでいる「よりみちカフェ」のメンバーが、地域の戦争を知りたいと企画した「フィールドワーク　千葉空襲・戦跡を歩く」に参加し、千葉市内を歩いてみた。

ざあざあ降りの雨の中、集まったのは女性7名。ワンボックスカーを用意してくれたものの、少し歩けばずぶ濡れになる。「千葉市空襲と戦争を語る会」の伊藤章夫さんといっしょに、「亥鼻山《いのはなやま》祈念碑」に向かう。工学博士の伊藤さんはかつて千葉県職員をしていたとき、労働組合で平和学習を担当し、広島などへ若い職員を送り出していた。「私はそれが不満でしたね。千葉にも戦争の遺跡はたくさんあるからです」。以来、地域の戦跡を調べる活動に関わっている。

千葉空襲は、１９４５年６月10日の早朝、７月７日の深夜に起こった米軍による空襲で、合わせて約９００人が殺された。７月７日の空襲は、たなばた空襲とも呼ばれる。そう、甲府空襲と同じ日に千葉空襲も行われたのだ。

伊藤さんたちは空襲犠牲者を調べて名前を残すため、市民から聞き取りを続けてきた。２０１５年７月、判明した犠牲者の名前をステンレスのプレートに刻んだ亥鼻山祈念碑が完成。プレートをたどっていくと、そこには姓名が揃った人、どちらかしかない人、それから名前のない人もいる。

「よっちゃん」「隣の優しい姉さん」「染やの子供５人」「ランドセルの男子」「○○家お手伝い」「朝鮮人（小学3年女）」…「『よっちゃん』だって、大事なアイデンティティなんです」と、伊藤さん。「それだけでも刻んでおけば、いつかこ

●亥鼻山祈念碑と伊藤章夫さん

の先、本名がわかるかもしれません。現在、約700人の名前が刻まれていますが、毎年新しい犠牲者が判明するたびに名前をステンレスの小片に刻んで貼り付けたり、訂正もします。つぎはぎだらけで見た目はよくないが、この碑そのものが生きているってことなんです」

と伊藤さん。朝鮮人の小学3年生の女の子が亡くなったという証言は、当時瀕死の重傷を負っていた同世代の日本人の男の子から聞いたそうだ。プレートに刻んだときに「ホッとした」という。「だって朝鮮の人もたくさん亡くなっているでしょう？　だれも気づかなかったなんて悔しいじゃないですか」。日本人の少年の記憶の中に朝鮮人の少女が生きていたこと、それをちゃんと残しておかなければ、と。

千葉空襲にまつわる碑は、千葉駅前大通りにもある。「千葉師範学校女子部碑」は、千葉師範学校女子部の校舎が6月10日の空襲で焼失し、教官1名、生徒8人、雇員1人が命を奪われたことを記憶する碑だが、その経緯は碑の中に納められており、外見からは何があったのかわからないのが残念だ。空襲を積極的に伝えようとしなかった理由は、近くの中央公園の戦災復興記念碑へ案内されてわかったような気がした。明るい未来や経済成長へ向かうために重苦しい過去の記憶は早く消去したかったのではないだろうか。悲しみや反省に立ち止まらせず、街を一刻も早く復興にかりたてる経済的な欲求は、福島の原発事故後の安全神話や復興のかけ声にも同じ響きを感じる。

空襲だけを見ると、千葉市は相当な被害を受けた印象があるけれど、さまざ

●千葉師範学校女子部碑

まな戦跡をたどれば、あの戦争がなぜ起こったのかという加害の歴史も見えてくる。伊藤さん曰く、「千葉が空襲被害を受けた7月7日は、日中戦争の発端となった盧溝橋事件の日です。1937年の7月7日。日本が侵略した歴史が先にあるわけです」

　たとえば現在の千葉市中央区椿森の住宅街にある緑地には「鐵道大隊記念碑」が建てられている。黒ずんだ石には明治33年（1900年）の「北清匪徒之乱」（注1）に参戦し、死亡した軍人を称える旨が書

●空襲の焼失を免れた旧川崎銀行

かれている。千葉県護国神社の境内にも「陸軍鉄道連隊『忠魂』碑」がある。日清戦争直後に鉄道大隊が創設され、後に鉄道連隊となり、満州事変とその後の「征戦」に加わり、マレー半島やビルマにも進軍したという。大陸で繰り広げられた侵略戦争の片棒を担いでいたと言えるだろう。

　戦争は真珠湾攻撃でいきなり始まったわけではない。そこに至るまでには学校で詳しく習わなかった前史がある。こういった戦跡も、しっかりした歴史観を持つガイドに案内してもらってこそ訪れることができる。

　フィールドワークのコースは亥鼻山祈念碑―旧千葉医科大学―本町小学校―旧川崎銀行（中央区役所）―千葉市戦災復興記念碑（中央公園）―千葉師範学校女子部碑―鉄道機関区碑―千葉護国神社（千葉公園）であった。

　中央区役所や中央公園などは、おそらく千葉市民ならなじみのある場所ではないだろうか。

自分の生まれ育った街だから

「よりみちカフェ」についても触れておこう。

　千葉市美浜区にある居心地のいい一軒家「café どんぐりの木」で開かれる学びの場で、カフェのオーナー、齋藤りつ子さんと編集者の北川直実さんが主宰。同じ小・中学校に通っていた二人は、社会人になってから偶然再会。環境問題に関心のある齋藤さんと、カンボジアの地雷の取材をしていた北川さんは「戦争こそ最大の環境破壊だよね」と互いのものの見方、考え方に共通点を見いだすようになったという。2015年に安保法制反対のデモが国会前で繰り広げられている頃、「市民一人ひとりの主権者としての意識が、社会を動かしていくのでは」と学びの場づくりを思い立ったという。

カカオからのチョコ作りなど、子どもと一緒に楽しめるワークショップや、エッセイスト、造園家、フォトジャーナリストなどを招いての講座、いま届けたい映画の上映会など、主催共催を合わせ3年間で50回近く開催してきた。誰でも気軽に参加でき、お茶を飲みながら語り合える場。そのほとんどが子ども連れも歓迎だ。

憲法についても、なんとなく知っているようで知らないことが多い。素朴な疑問をみんなで話し合ったり、弁護士などに講師を依頼して行う「憲法はじめの一歩」も好評だ。とっつきにくい安全保障や憲法を、身近な生活に引きつけて考えるうちに「こんなことを知りたい、みんなで話してみたい」と参加者の中から、次々にやりたいことが生まれてくるという。

日本国憲法が制定されるきっかけになった戦争はなぜ起きたのか、あの戦争はどんなものだったのか、それを知りたくて、まず靖国神社・しょうけい館のフィールドワークを行い、第二回目に地元千葉市の戦跡を歩くことにしたのだった。

「千葉空襲のフィールドワークを企画したのは、アジアの国々や広島、長崎、東京だけでなく、自分たちが生まれ育ち、暮らしている街でも戦争があったことを知ってほしかったから。空襲のあった6月10日は私の誕生日なので、少し早く生まれていたら命さえなかったかもしれないと思いました。幼い頃には千葉公園によく遊びに行き、『忠霊塔』のたもとで傷痍軍人さんを見かけたことも。自分につながる歴史の中に確実にあった戦争を、自分の生まれ育った街だからこそ実感できるんですね」と北川さん。

フィールドワークの後にはランチを楽しみながら感想をのべ合う振り返りが行われたが、今回参加した村田マユコさんの感想は、「亥鼻山祈念碑に刻まれたおひとりおひとりの名前や、『八百屋の○○さん』『よっちゃん』のように記憶を頼りに書かれたものを見ると、ひとつの命もかけがえがなく、人数でひとまとめにできない重さを感じました」。他にも「千葉の街に戦跡があることを初めて知った」「女子師範学校の碑がなぜそこにあるのだろうと不思議に思っていましたが、きょうそのナゾが解けました」などの声があった。

千葉に足場をおいて、地元の人たちとのつながりを大切にしながら、細く長く続けていきたいという、よりみちカ

●左は北川直実さん、右は齋藤りつ子さん

フェ。目標に向かってまっしぐらもいいけれど、毎日の暮らしは忙しいけれど、たまには「よりみち」してみませんか、自分とは違う感性・考え方に、小さな驚きや発見がきっとあります……とホームページには書かれている。参加者は感じたことを自分の言葉で活発に語り合っていた。「なんでも話せる、わからないと素直に言える、そして私もそうなのだけど、話さなくちゃと思うと気が重くなる人もいるから、話さない自由も尊重する場にしたいんです」と、齋藤さん。ふだん着の民主主義が根づいているのも、居心地のいい理由だろう。そして私たちが暮らす社会について学ぶひとつに、地域の歴史を歩いてみる試みがあればいいと思う。

のどかな外房の里に、地下工場跡が

「これは茅花《つばな》っていうのよ。見た目が稲に似てるでしょ？　戦争中によく食べました」

夏草の生い茂るのどかな小径を歩きながら、案内役の女性たちが話してくれた。石井宣子さん、鈴木玲さん、朝比奈育子さん。山武地区「ピーススタッフの会」のメンバーでもある。会長を務める鈴木さん、石井さんは、元教師。朝比奈さんは現役の教師だ。私も含め、女４人のフィールドワークが始まった。千葉県房総半島、外房の大網白里。

同じ千葉県にあってもこちらは千葉市のような大都市とは違って、自然に恵まれた里である。海も近い。

日蓮宗の名刹として知られる本国寺の脇道を入って左に折れると、崖の下のほうに大きく穿った穴がある。戦争中に使われていた地下工場の跡だという。入口には網がはりめぐらされ、外からのぞきこむことはできるが、入ることはできなさそうだ。

「ここは、日立航空機の大網地下工場だったんです。飛行機の部品を作る工場で、もとは東京にありましたが空襲が激しくなったので１９４４年12月にここに壕を掘って、引っ越して来ました」

と、地下工場について調べた石井さんが説明する。５か所の工場に分けられ、地下工場、半地下工場あわせて総延長は約３キロ。外見からは想像できないほど大規模だったようだ。戦後70年以上経つと崩落などで傷みが目立ち、あとの４か所は見ることはできないという。

ここで働いていたのは、海軍設営隊の５００～６００人の日本人、および大林組に雇用されていた４００～５００人と推定される朝鮮人労働者だったとい

う。岩場にドリルで穴を開け、そこにダイナマイトを詰めて、導火線に火をつけて爆発させ、岩盤を砕くという危険な作業で地下工場を掘り進んでいった。作業着は着のみ着のまま、住む場所も倉庫や納屋にむしろを敷いてしのぐありさまだったそうだ。戦後、朝鮮の人たちの多くは帰国したが、一部は日本に残って暮らしていたと言われている。

●左から朝比奈育子さん、石井宣子さん、鈴木玲さん

地下工場跡の説明版には、「戦時における我が国は、アジア諸国やその他の人々に甚大な禍害を加え、自らも多大な被害をこうむったことを決して忘れてはならない」と記されていた。

石井さんは、1932年千葉県香取市の生まれ。戦時中は小学校でなぎなたの教練を受けたのを覚えているそうだ。結婚して大網に住み始め、教壇に立った。鈴木さんから「地域の歴史を調べてみませんか」と誘われたのがきっかけで、この活動を始めたという。

調査内容は「爆撃を受けた場所」「軍需施設や工場のあった場所」「学童疎開場所」「その他特筆すべき事項」「戦時下の記憶」。史実は教育委員会で資料にあたったり、地域の歴史研究者から話を聞くなどして集めた。

「大網は緑が多くて豊かな街だと思っていました。戦争中はよその街にいたので、ここであったことを知らなかった。私は算数や数学を教えていましたから、歴史を調べるのは簡単ではなかったですね。がむしゃらに、半べそをかきながら、というのが本当のところでしょうか」と石井さんは歴史を掘り起こす苦労を話してくれた。

沖縄を他人事に思えなくて

「海沿いにも戦争の跡がいくつかあるんですよ」と車で案内してもらったのは、九十九里の海岸。

はるか遠くまで続く砂浜、雄大な太平洋が目の前に広がる。温暖で海の幸、農作物にも恵まれ、ここで暮らしていたら気持ちがおおらかになるだろうなと思わずにはいられない。しかし戦争中、アメリカにとってこの地は、太平洋からの日本上陸の格好の足がかりと見なされた。あまりその名も知られていない米軍の「コロネット作戦」の準備も、着々と進んでいた。

コロネット作戦は米軍が首都圏を制圧するために、九十九里と湘南海岸から同時に上陸するというもので、1946年

3月1日に予定されていたという。沖縄と同じようにまず艦砲射撃で地ならしをしたあと、上陸し、首都を狙う計画だった。もし戦争が長引いてコロネット作戦が行われたとしたら、関東でも悲惨な地上戦は免れなかっただろう。

日本軍もその動きをある程度、予測したのだろうか。九十九里の内陸に陣地の構築を急いだ。大網にも防空監視哨が置かれた。九十九里の砂浜では、「たこつぼ」と呼ばれる穴を掘り、そこに入って米軍の戦車に向かって捨て身で爆弾を投げる練習も行われていたという。米軍が上陸してくるのではないか……という不安。そうしてようやく8月15日を迎えたが、その前日に九十九里の沖合に真っ黒な雲のようなものがたなびいているのが見えた、という証言もある。米軍の軍艦だったのだろうか。

戦後は、米軍の上陸から始まった。連合軍が館山から上陸し、4日間の直接統治。そのあと九十九里では1948年4月から、大型のブルドーザーがやってきて、大がかりな整地が始まった。こうして接収された豊海エリアは「キャンプ片貝」と呼ばれ、米軍の射撃場として使われることになった。

射撃演習場の付近は危険だというので、船を出すことも禁じられ、地元で漁業をしていた人たちの生活基盤は脅かされた。

生活を支えるために駐留の米兵の相手をする女性も現れ、子どもの姿を見かけることもあった。米兵が起こす交通事故で住民が亡くなったり怪我をする事件も頻繁にあった。「生活が一変しましたね。だから沖縄の事件なんかの話を聞くと、とても人ごとだとは思えない」と石井さんは言う。

「キャンプ片貝、このへんでしたかねぇ」と車を走らせる朝比奈さんの声につられて目を外へ向けた。「国民宿舎 サンライズ九十九里」と看板が出ている大きな建物の横を通り過ぎた。その場所から片貝方面に向かって約1キロにわたり、かつてキャンプ片貝があったそうだ。現在は町の風景が広がっていて、米軍演習場の面影はない。

二度と子どもたちを戦場へ送らない

3人を含む大勢の女性の先生たちが、九十九里平野の中央にある山武地区の人びとに聞き取りを重ね、歴史を掘り起こしてきた背景を聞いてみた。

「ピーススタッフの会」会長を務める鈴木さんは、「戦争を知っている世代が少なくなったので、まず聞き取りは急務だと思いました。伝え遺さなければという気持ちでした」。聞き取りや調査で知り得たことを『私達の町にも戦争があった』という冊子にまとめた。

「教え子を二度と戦場に送るな、というのが私たちの合い言葉でしてね。いまの情勢は当時に似ている、と戦争体験世代の元先生たちは、危機感を感じていますよ」と石井さん。

「広島や長崎の被爆を知ることも大切だ

●大網地下工場跡と説明板

けど、子どもたちには自分が暮らしている場所で何があったかを知って戦争をリアルに感じてほしい」と話すのは、朝比奈さん。「子どもだけじゃなくて、戦争を知らない私たち世代も学ばせてもらっているんです」

先生たちは、学校を訪れて子どもたちに地域の戦争を語り続けている。一見、平和だったように思えたのどかな里にも、戦争の爪痕があった。いったん始まると、だれもが容易にその中に巻き込まれてしまう。「再び戦争の惨禍が起こることのないようにすることを決意し」とうたった日本国憲法の前文を思い起こしたい。

亥鼻山祈念碑

千葉市中央区亥鼻町1丁目　JR千葉駅から、車で約10分。徒歩30分

よりみちカフェ@café

どんぐりの木

http://dongurinoki.info

日立航空機 大網地下工場跡

JR外房線「大網」駅下車、車で約20分。大網白里の「本国寺」より徒歩5分

*注1　「北清匪徒之乱」は、中国で起きた「義和団事件」を鎮圧するために日本を含む8か国が派兵した、北清事変のこと。

郷土史の灯を消さないために

□奈良県・柳本飛行場　旧生駒トンネル

山々に囲まれた広大な奈良盆地には、あまたの遺跡や古墳が点在し、いにしえから朝鮮半島とのつながりも深い。長い行き来がありながら、日本の植民地政策で大きな亀裂を生んでしまった。韓国併合、それ以前から多くの人々が海を渡って、この地にやってきていた。

トンネル工事の現場や、飛行場などで働かされた歴史がある。その現場だったところを、いまも見ることができる。

田園風景の中に、滑走路の跡

まだ紅葉の残る山々に囲まれた、奈良県の天理を訪れたのは２０１６年の晩秋。

天理は日本のどことも似ていない土地のように思えた。宗教都市とも言われている。海外で例えるならバチカンだろうか。駅前にも商店街にも「ようこそ　おかえり」と書いてある。天理教ではここへ来ることがおかえりなのだと聞いたことがある。大通りにはあちこちに信者が宿泊する「詰所」が見られるのも特徴だ。

旅の目的は戦時中に造られた「大和海軍航空隊大和基地」(通称・柳本飛行場跡)を見学することだ。「奈良県での朝鮮人強制連行等に関わる資料を発掘する会」(奈良・発掘する会)事務局の川瀬俊治さん、高野眞幸さんが車で案内してくれた。

町をはずれると、のどかな田園風景が広がる。古墳も点在するような所なのだ。広大な土地は、なるほど飛行場にはふさわしかろう。「あれが三輪山で」などと遠くに見える山の説明を聞きながら、広い畑の中の道路を進んで行った。

「この道路は、かつての柳本飛行場の主要滑走路なんです。滑走路の幅は約50メートル、長さは１５００メートルありました。しかも全部で４本の滑走路があり、決して小さな飛行場ではなかった。柳本飛行場の工事は、１９４３年秋頃から始まったようです。山の向こうの大阪に陸軍の八尾飛行場、奈良に海軍のここ柳本飛行場、その間には陸軍航空総軍戦闘指令所の『どんづる峯地下壕』も計画されました。最初は単なる飛行場のつもりだったかもしれないが、戦争末期にこの一帯では、本土決戦に向けた拠点作りが行われていたんです」

と、元教員の高野さんが説明する。正直なところ天理のことを何も知らず、しかも田畑が広がるところで聞いた「本土決戦」という言葉は、なかなかピンとこなかった。ゆっくりと説明してもらう。

大和海軍航空隊が開隊したのは１９４５年2月11日。日本が敗戦した半

●柳本飛行場の滑走路跡

年前である。もう戦況は悪化の一途をたどっていたにもかかわらず、同年6月には兵員や兵器が増備されていた。敗戦時には兵員1700名、ゼロ戦49機、練習機71機、爆弾大小合わせて約1500発が配置されていたという。「ゼロ戦はずらっと、若草山の方向を向いて並べられていたそうです」

本土決戦の拠点と位置づけられる根拠がある。2001年に天理市北部の山中で天皇や皇室の「御座所」と見られるトンネルが見つかり、また海軍によって大本営の準備が進められていたこともわかったからだ。これらの工事は「なほ一箇月もこのままに続けば完成してゐたであらう」と1945年11月13日の朝日新聞でも報じられている。

御座所といえば、政府機能を備えた松代大本営に本格的なものが造られていた。こちらのそれは、天皇が海軍の出撃を見送るために用意されたのではないかと言われている。天皇家の故郷にあたる大和は、本土決戦に臨むには格好の地だったのかもしれない、と思うと、のどかな風景がまったく違うもののように見えてきた。

海軍の敷地内に慰安所があった

おそらく猶予を許さず、突貫工事で行われたであろう柳本飛行場の工事。それを490万円で請け負ったのが、大林組だった。たくさんの日本人とともに大勢の朝鮮人が働かされていた。証言によって2000人とも3000人とも言われ、徴用などで強制連行された人たち、家族連れで海を渡って来た人たちがいた。奈良・発掘する会のメンバーが強制連行された人たちから話を聞いたところでは「期限は2年ということだった。着の身着のまま連行された」（金永敦さん）、

「村から4人連行された」（宋将用さん）などの証言があったという。金さんと宋さんはともに忠清南道の出身だった。朝鮮人は河川の改修やトンネル工事などに従事させられ、少なくとも3名の朝鮮人青年が亡くなっている。「どんづる峯地下壕」では、おもに朝鮮民主主義人民共和国の人たちが働かされていたという。

当時の様子を、やはり教員だった高野さんの父親が日記に残している。飛行場工事の勤労奉仕にかり出され、朝鮮人の飯場の北に向かって草刈りをしたことや、トロ運び、杭打ちなどを歌を唄いながらやっていたこと、このあたりでも空襲警報がひっきりなしに出されたことなどだ。かつて朝鮮人労働者が暮らしていた飯場は、JR柳本駅の駅舎の東西に立ち並んでいた。駅の西側は軍の施設内であり、徴用された労働者が生活していた。東側には自由労働で来た人たちが家族で住んでいたケースもあった。現在も駅の西側には昔のままの飯場が残されていて、朝鮮の人が住んでいるという。海

●田畑の中に残る防空壕の跡

軍施設部に「慰安所」があったことも、数々の証言でわかっている。

「柳本飛行場には『家事手伝いの仕事』と業務詐称で17～26歳の朝鮮人女性20人ほどが連行され、2か所の慰安所で働かされたそうです。日本の敗戦後、朝鮮人集落に放置されていた彼女たちを助け出したという在日朝鮮人男性が、1970年代前半に語ってくれました」と、長年聞き取りを続けてきた川瀬さんは言う。亡くなった1人を除く19人の女性たちは、その後、出身地である韓国の統営《トンヨン》に帰っていったという。

強制連行された人たちのほとんどは、戦争が終わった後、9月頃に帰国。家族連れで働きに来たなかには、いまも元飛行場の周辺で暮らしている人たちがいるそうだ。

来日して、悲しみが新たに

柳本飛行場の工事で亡くなった3人の朝鮮人のうちの1人、金海永《ヘヨン》さんの一人娘、金成嬉《ソンヒ》（写真左）さんが、2018年8月、初めて柳本を訪れた。父、海永さんは1945年4月29日、柳本飛行場での作業中に感電死して亡くなったという。娘の成嬉さんが生まれたのはその3日後だ。だから父の顔は知らない。父がつけてくれた名前は吉子《キルチャ》という。父の死後、朝鮮戦争があったが、母が再婚したため成嬉さんは祖父母に預けられ、中学校にも進めずにさまざまな辛酸を舐めた。結婚して子どもに恵まれたが夫は早世、最近の成嬉さんは脳梗塞を患って車椅子に頼っている。父がここで亡くなったのか、確かめたい。そして魂の叫びを聞きたい、と意を決して訪れた。

市民グループが8月15日に開いた集まりで、川瀬さんからマイクを向けられた成嬉さんは、今回父の亡くなった地に立った感想を聞かれ、こう答えた。

「いつかは帰ってくるだろうと思っていた。亡くなったと聞いても信じることができませんでした。お寺で過去帳に父の名を見つけたときは、痛哭しました。感電して亡くなった、どれほど苦しかったかと思います。父が、吉子、よく来たなと言ってくれている気がしました。ゆうべは寝られなくて、ただ悲しかった。父のもとに連れて行ってほしいと願いました」

このような例は、どれだけたくさんあっただろうか。日本政府は亡くなった父と残された娘のことを知らない。被害者に対しては謝罪も補償ももちろん、していない。「日本は嫌いです」。繰り返される成嬉さんの言葉に、日本人として激しく打ちのめされながら、戦後73年経った今でも植民地支配が与えた苦痛は、被害者から簡単に消えはしないことを思い知らされた。8月15日が日本人だけの慰霊の日ではないことも。

撤去された説明板

私が柳本飛行場のことを知ったのは、説明板撤去事件の一件からである。1995年、天理市と天理市教育委員会が奈良・発掘する会の協力を得て、飛行場跡にステンレス製の説明板を設置した。そこには強制連行された朝鮮人の証言や「慰安婦」についても記述があり、「平和を希求する私たちは、歴史の事実を明らかにし、二度と繰り返してはならないこととして正しく後世に伝えるためにこの説明板を設置します」と結ばれていた。

しかし2014年2月ごろから、天理市に説明板の内容に抗議し、撤去を求めるメールや電話が寄せられるようになった。市は同年4月18日に説明板を撤去。そのことを高野さん、川瀬さんが知ったのは5月になってからで、それもヘイトスピーチをまき散らす団体が街頭で「説明板を撤去させた」と言っているのを聞いたのがきっかけだった。驚いて公園に駆けつけると、外枠だけが残されていたという。

●撤去された説明板。左は川瀬俊治さん、右は高野眞幸さん

「天理市に問い合わせると『説明板の設立の経緯を知っている人がもういなくなり、50万円弱で建てたという記録しか残っていない』との返答でした。抗議書を出すと『説明板に書かれている強制連行や慰安婦などの記述は、市としては本意ではない』との回答があり、さらに政府見解を越えて独自の認識を示すことはできないと言う。教育委員会には説明板作成に関わった人もいるのですが、撤去に関しては市の方針が通ってしまっているようです」と高野さん。

天理市は、いったん説明板を撤去保存し、専門家などによる全国的な研究や政府の見解を踏まえて判断すると言っている。が、不都合な過去を封印したいと考えている人たちが中枢を占めている現政権にまともな政府見解を望めるだろうか。市の考えはないのだろうか。

「天理市議会はヘイトスピーチに対して対策強化を国に求める意見書を出してい

る。にもかかわらずヘイトスピーチをする側から言われるまま説明板を撤去するというのはムチャクチャではないですか」と高野さんは指摘する。

説明板の設置から撤去まで。この20年間で、何かが大きく変わったようだ。行政も含むこの国全体の歴史認識の著しい劣化。またネットなどで批判やバッシングが広まりやすくなったことで、自治体などにもそれらを恐れた事なかれ主義が蔓延しているように思える。

しかしこの問題は、国内だけにとどまらなくなっている。撤去後にその話を聞きつけた韓国でも抗議の声があがった。柳本飛行場で「慰安婦」にされた多くの女性たちの出身地である統営市からは、市民グループが天理市を訪れ1万人以上の署名を提出した。天理市の姉妹都市で長年にわたって交流を続けて来た瑞山《ソサン》市も改めて説明板の設置を要請したが、高野さんによれば天理市からは「未来志向の交流を」と返答があったそうだ。その結果、行われていた行政派遣が中止されるという外交問題にまで発展している。

「過去に向き合わずして、未来志向はありえない。また、地域の歴史を国家の都合に合わせて決めるなんて、そんなアホなことはありませんよ。地元のことは地元がいちばんよく知っている」と長年調査を続けてきた川瀬さんは憤慨する。

いま、この問題に関わる日韓の市民が協力して別の場所＝私有地に説明板を作ろうとする活動が進んでいる。今年中には日韓で説明の文言を確認しあい、両方の国に設置したいとのこと。本来ならば自治体の協力も得て公有地に建てられるべきなのだが、それが無理ならせめて地域の歴史として公開していく必要がある。右翼団体の抗議によって、自治体が説明板の文言を修正したり碑の撤去を検討する例は、松代大本営や群馬の森などでも見られる。他にも今後、歴史の修正に前向きな政権の顔色をうかがう自治体が出てくることは、十分に考えられる。地域、地域で伝え残していかなくてはならないのが、戦争の歴史。大切な郷土史を消してしまわないための対策がいま、求められている。

住宅地の奥に眠る、旧生駒トンネル

最初に天理を訪れた翌日、奈良と大阪を結ぶ近鉄に乗った。柳本飛行場を案内してくれた川瀬さんから、旧生駒トンネルの工事でも戦時よりも早い時期であったが、同じように朝鮮半島から来た人たちが働いていたと聞いたからだ。この日は一人で旧生駒トンネルの歴史をたどることにした。

近鉄沿線には生駒（奈良側）、石切（大阪側）という隣り合った2つの駅がある。関西で生まれ育った私はどちらの駅名も聞き覚えはあったが、降り立ったのは初めてだった。

2つの駅の間に、はさまれた山がある。生駒山である。この山を貫通させ、電車を走らせるために、近鉄の前身である大阪電気軌道が「旧生駒トンネル」の工事を始めたのは1911年6月。完成は1914年1月。まだ重機などもなかった時代に山をくり抜くのは、予想をはるかに超える難工事だっただろう。

途中で大きな落盤事故があった。120人ほどが生き埋めになり、20人ほどの犠牲者が出たという。

旧生駒トンネルは、1964年に少し南側に「新生駒トンネル」が開通するまで、沿線に住む人びとの足として使われ続けた。

いまでは役目を終え、忘れられた旧生駒トンネル。石切駅の近くに、その入口と最寄り駅「孔舎衛坂《くさえざか》」駅のプラットホームが残されていて、いまも見ることができると聞いてぜひ訪れたいと思った。石切駅の駅員さんに聞くと、駅前の道を線路に沿って行き、右手の坂を登れば見えてくる、と言う。しかし違う坂を登ってしまったのか、行けども行けどもそれらしきものはなく、山の中に分け入ってしまった。やっとの思いで広い道に出て、出会った地元の人たちに尋ねてみたが、「知らない」と言う。「え、そんなトンネルがあったんですか？」と驚く人も。ようやくひとりの女性が「うちの近くにある、あれかしら…」と案内してくれた。住宅地の坂を登り、ようやく山裾に穿たれた旧生駒トンネルの入口を見つけたのだった。「ここにあったか」と汗をぬぐいながら感激した。100年以上前の人びとが、苦労して掘ったトンネルだ。

ちょうど一帯では土木工事が行われていたので、金網で覆われていてトンネルの入口には近づけない。昼休みを見計らって工事現場の人に頼み、金網の中に入れてもらった。

いまでは降り立つ人もない、過去のプラットホーム。孔舎衛坂駅のホームだ。線路はもう取り外されている。ホームの先200～300メートルのところにトンネルがある。背後の生駒山は赤く黄色く色づき、古びたトンネルの入口はそこ

●孔舎衛坂駅のプラットホーム跡（右）と、旧生駒トンネル入口

にしっくり溶け込んでいた。絵を見ているようだった。

トンネルの入口には戸板がはめ込まれ、中をのぞけないのが残念ではあった。山の中へ中へと３０００メートル余りも続いていくトンネルの中で、１００年前にどんな過酷な労働が行われていただろうか。

しばらくの間、当時の労働者の苦難をしのびながらそこにいて振り返ると、眼下に広がる東大阪の街と青空がやけにまぶしく感じられた。この高台からの夜景は、さぞ見事だろう。

韓国併合後に始まった、トンネル工事

旧生駒トンネルでは、工事を請け負った大林組のもとで大勢の朝鮮人が働いていた。工事が開始された１９１１年といえば、韓国併合の翌年である。なぜそんなに早く、たくさんの朝鮮の人びとが集まって来たのだろうか。国家総動員法にもとづく強制連行期より20年以上も前の話である。

その話は川瀬さんから前もって聞いていた。日本政府は江華島事件の後、１８７６年に朝鮮の関税自主権を認めないなど不平等な日朝修好条規を結んだ。その中で「日本人は朝鮮人を雇用することができる。朝鮮政府の許可があれば来日もできる」との取り決めを行った。これに目をつけたのが、日本企業だった。後発の大林組は日露戦争のあと、朝鮮半島での鉄道工事に関わり、おもに慶尚南道あたりの朝鮮人労働者との関係を密にしていったそうである。

こうして日本政府と企業が一体になって、韓国併合以前にすでに植民地政策は進められていた。川瀬さんによれば、１８９０年頃から日本の炭坑や鉄道など、危険な現場で朝鮮人労働者が増えていったということだった。

さらに１９１０年の韓国併合以降は、日本政府による土地調査事業などで農地を奪われた朝鮮の農民の多くが、生きていくために海を渡って日本をめざした。旧生駒トンネルでも、朝鮮人が全体の８人に１人ぐらいはいたという。亡くなった人の数もはっきりしないが、土地の人に聞き取り調査をしたところ、朝鮮人がトロッコの事故で亡くなったことや、寺の過去帳に死者の名前があることを突き止めている。「旧生駒トンネルの労働は、戦時の強制連行・強制労働の『前史』なんです」と川瀬さんは言っていた。

旧生駒トンネルから急坂を下っていくと、「稱揚寺《しょうようじ》」という小さな寺があった。境内には近鉄の前身である「大阪軌道株式会社」と大林組が建てた碑があり、「生駒隧道西口工事中傷病没者」と書かれていた。亡くなった24人の名前の中には、日本人作業員に混じって、朝鮮半島出身者３名の名前もあった。

生駒の山沿いに、韓国の寺も

午後からは近鉄に乗って、こんどは現在の生駒トンネルの東側＝奈良県側にあ

る生駒駅に向かった。駅前から生駒山に登るケーブルカーが出ている。

ケーブルカーを横目で見るようにして坂を登っていくと、ハングル文字が書かれた寺があった。韓国仏教の最大宗派、曹渓宗の「宝徳寺」である。初代住職の趙南錫《チョナムスク》さんが旧生駒トンネルの労働で亡くなった同胞を追悼するために戦後になってから建立した。

いまのご住職が、碑のある場所へ案内してくれた。碑には「韓国人犠牲者無縁佛慰霊碑」と刻まれ、近鉄社長の書とある。碑を守るように置かれていた2体の小さな石仏は、もとは旧生駒トンネルの東西の入口にあったものだそうだ。何かのお守りなのか、亡くなった仲間のために彫ったものなのか……。

宝徳寺には、地元の小学生が社会科見学で訪れるという。

「旧生駒トンネルを作るときには大変やったんよ、と話すと『知らないことを教えてくれてありがとう』と言ってくれる子もいますね。歴史の話はまだ十分理解できないかもしれないが、もしいじめられたらここへおいでや、と言うのと、いじめるほうに回ったらあかん、心の中につらいものが残るよ、と話す。子どもにはそれが伝わったらええんです」とご住職は言う。

旧生駒トンネルで多くの朝鮮の人びとが働いていたことは、住井すゑ著『橋のない川』にも書かれているという。学生時代に読んだけれど、もう頭の中から消えてしまっている。家に帰ったら本を開いてみよう。

●宝徳寺の慰霊碑。碑の前に立つ小さな石仏（下）

大和海軍航空隊大和基地

（通称・柳本飛行場跡） JR西日本桜井線（万葉まほろば線）「柳本駅」下車、西へ約2キロ

旧生駒トンネル跡

近鉄奈良線「石切駅」下車、北へ約300メートル

大地震のあとに

□神奈川県・東神奈川／千葉県・船橋、習志野、八千代

1923年9月1日、時計が正午をさす前に大地が動転した。関東一円を襲った関東大震災である。

10万人以上の死者を数えたこの地震のあとに忘れてはならない大虐殺という史実がある。アジア・太平洋戦争が始まる前に起きたことではあるが、戦争につながる前史として見逃せない。

今回は神奈川と千葉のできごとに目を向けてみたい。

虐殺の地のフィールドワーク

マグニチュード7・9の大地震は、1923年9月1日午前11時58分に起きた。相模湾北西沖80キロを震源に、関東地方を襲った揺れで多くの建物が倒壊し、お昼のしたくをしていた家々から火の手があがってたちまち周囲に燃え広がった。

大災害のあとで起きたのが朝鮮人、中国人、社会主義者への虐殺だった（社会主義者への虐殺は主に官憲による）。朝鮮人は「井戸に毒を入れた」「集団で攻めて来る」といったデマが市井をかけめぐり神奈川、東京、千葉、埼玉、群馬など関東の広範囲で虐殺された。とくに神奈川県横浜市での犠牲者は多かった。

関東大震災から95年を迎えた2018年、神奈川で行われたフィールドワークに参加した。主催は「関東大震災時朝鮮人虐殺の事実を知り追悼する神奈川実行委員会」。集合場所は横浜駅の隣の京急神奈川駅。会のメンバー他、参加者はさまざまな世代を含む、総勢30名以上である。

最初に会の代表の山本すみ子さんから、神奈川地域でなぜ虐殺が多発したのかについて話を聞いた。

いくつかの地域には、朝鮮人が働いていた現場や飯場があり、集まって住んでいた。早くも震災当日の午後7時頃から、横浜では「鮮人200名襲来し、放火、強姦、井水に投毒」というような流言が発生した。翌9月2日には、当時高島町にあった横浜駅でも、群衆の中で朝鮮人が複数、銃剣で刺殺されていたのを目撃した人がいる。同夜には、海軍の軍艦が来て陸戦隊がラッパを吹きながら八幡橋に上陸。横浜市内を視察した陸戦隊員は、財部海軍大臣に「200～300名の不逞鮮人付近の山地に潜伏、時々部落に出入被害甚し市民は之をパルチザンと称し恐怖甚だしき模様なり…（略）不逞鮮人本部は東神奈川方面に在るものの如く」と報告している。

「当時、横須賀線の電化工事に従事していた多くの朝鮮人がいて、労働者の間で時々小さないさかいがあり新聞に載ることもありました。しかし本部があったと

いうのはどうでしょうね。朝鮮人に対する日頃の偏見が公権力によって『不逞鮮人』というデマとしてまき散らされたんだと思います」

９月３日には、自然災害にもかかわらず戒厳令が出され、軍が治安維持に乗り出している。暴徒化した人びとや地域の自警団が行ったと聞かされることが多い朝鮮人虐殺であるが、実際は軍や警察が虐殺に関わっていたことが神奈川でも調査によって明らかになっている。

「横浜のいろんな場所で虐殺が行われましたが、きょう歩くのは朝鮮人虐殺がとくに多かったＪＲ神奈川〜東神奈川の海側です」

と、山本さん。もとになっている「在日本関東地方罹災朝鮮同胞慰問班」の調査によると、神奈川鉄橋でおよそ５００人、子安町から神奈川停車場までで１５０人、浅野造船所で48人、土方橋から八幡橋までで１０３人、その他の場所でもいくつもの虐殺証言がある。

およそ５００人が虐殺された「神奈川鉄橋」は、神奈川駅のそばの京急やＪＲの線路をまたぐ青木橋だと見られている。そこから２００〜３００メートルほど歩いた住宅地のなかに、幸ケ谷《こうがや》公園（権現山）がある。最近になって見つかった新たな資料に、この地域のことが出てくる。

「２〜３年前に図書館で『神奈川方面警備隊法務部日誌』を見つけました。『横浜市青木町栗田谷岩崎山　鮮人虐殺の跡を視察したり』との記録が残されていました。私たちは青木町『岩崎山』がどこにあるのかを探しましたが、今では地名も変わっていて、岩崎山そのものは見あたらない。しかし当時の岩崎山邸という豪邸とその所有地が広がっており、このあたりが岩崎山と呼ばれていたようです。ここでの目撃証言はありません。だれが殺したのか。５００人と言われる大人の男性たちを、訓練も受けておらず大した武器も持たない人たちが殺すことができるでしょうか。どこから朝鮮人を連れてきたのか。殺されたのはどういう人たちでどんな方法で命を奪われたのか。まだまだ明らかになっていません。１００年に向けて私たちも努力していきたい」

関東大震災で唯一、火災の被害を免れた神奈川警察署のそばを通った。そこでは朝鮮人、中国人合わせて５００名近くが「保護された」とのことだが、警察署内で３人、そして警察のすぐ裏だったにもかかわらず御殿町で40人の朝鮮人の虐殺が記録されている。

そこから東へしばらく歩くと、運河伝いに東京湾に出る。橋本町には浅野造船所のドックがあり、当時１００余名の朝鮮人が働いていて飯場もあった。そのうち48人が虐殺されたと記録に残っている。

東神奈川の海側でたくさんの虐殺があったためだろうか、関東大震災の翌年、１９２４年2月10日付の「やまと新聞」の記事には、暴風によって子安海岸に数百人という朝鮮人の白骨が流れ着いたが、神奈川警察が取り合わず「当局面倒がって責任のなすりあひ」をし、そのまま放置したと書かれている。

東京湾に運河が流れ込むあたりで、立ち止まった。高層ビルが背後に建ち並ぶ風景、その合間に運河沿いの錆びた貨物の線路や古い橋など一時代前の風景が混じる。フィールドワークの参加者は花を一輪ずつもらって運河の水に献花した。

「直接聞き書きしただけでも1152名の朝鮮人が虐殺されています。ところが官憲の資料、法務省の報告では神奈川県は2名で、当時の横浜ではゼロなんです。だれも虐殺されていないっていうことなんです。横浜の地は虐殺が徹底的に隠蔽されたところなんです」と憤る山本さん。隠蔽された事実を、「薄皮を剥ぐように」少しずつ明らかにしてきたという。

虐殺に軍や警察が関与していたことは、かつては横浜市の中学校で使う副読本にも記されていたが、2009年に新しい副読本『わかるヨコハマ』が出版されたときに抜け落ちてしまった。2012年の改訂版に「軍隊や警察、自警団による朝鮮人や中国人の虐殺」と記されたが、2013年になって市議会で自民党議員がこれを批判、横浜市教育委員会が副読本を回収し、新しい副読本からは記述が消されたという。それだけではない。「虐殺の跡を視察したり」と警備隊の日誌に明記されたにもかかわらず、現在では虐殺という言葉が使われなくなっている。

フィールドワークに参加した人に話を聞くと、「もう昔の話だと思っていた。最近ヘイトスピーチを街で見かけるようになって、遠い過去のことではないと怖くなった。日本人が忘れてはいけないことですね」。在日朝鮮人の女性は「関東大震災のあとで虐殺があったことは聞いていたけれど、詳しいことは知らなかった。祖父母からもっと話を聞いておきたかった。どこへ行っても声が聞こえるようで、胸がしめつけられる思いでした」と苦しそうに語った。

「まだ明らかにすべきことはたくさんあります。今年は『明治150年』ですが、祝っている場合かと。韓国併合よりも前の日清・日露戦争時から朝鮮半島に武力進出していたことが、その後の民族差別や関東大震災時の虐殺にもつながっています。それをどう考えるのかということです」。フィールドワークの最後を、山本さんはこう締めくくった。

毎年9月初めに、横浜市の久保山墓地では「関東大震災時朝鮮人虐殺神奈川追悼会」が行われている。

「なぎの原」と呼ばれる土地の記憶

千葉県八千代市高津に、「なぎの原」と呼ばれる空き地がある。周囲を家で囲まれた、どこの街にもありそうな土地だ。

1998年、なぎの原で発掘が行われ、こぶしの樹の根元からは、関東大震災のあと虐殺された朝鮮人6人の遺骨が見つかった。ここで何があったのだろう。なぜ、墓地でもないこんなところに埋められていたのだろう。長年、関東大震災の朝鮮人虐殺の真相究明に力を注いでいる大竹米子さんに話を聞いた。

「1976年の夏のことでした。私は当時、中学の教師でしたが、定年退職した先輩教師、阿部こうさんから『あなたに話しておきたいことがある』と声をかけられたのです」

大竹さんは「郷土史クラブ」の生徒を連れて、阿部さんをたずねた。聞かされたのは、阿部さん自身が小学校3年生で体験した関東大震災とその後の話だった。当時、旧千葉郡大和田町（現・八千代市）に住んでいた阿部さんは、震災から数日後、道ばたに手足を縛られて座らされている3人の朝鮮人を見かけた。かわいそうに思った近所のおばさんが、握り飯を持って来たが、3人は食べなかったという。日暮れになって地元の男たちが3人を連れて行った。3人は殺されたと阿部さんは聞かされたそうだ。

「私たちは話を聞いてびっくりしてしまって。いつもは賑やかに帰る子どもたちも、その日はみんな押し黙ってしまいました」

それから周辺地域の聞き取りが始まった。大竹さんは翌1977年、仲間と「千葉県における関東大震災と朝鮮人犠牲者追悼・調査実行委員会」を発足させ、本格的に地域での調査を開始した。郷土史クラブは中学の文化祭で発表、地元の新聞にも取り上げられ、「中学生に本当のことを知ってほしい」と家族が遺した日記を提供する人も現れた。加害者から真相を聞き出すのは容易なことではない。

「土地の人たちは、決して口外しないことで村の名誉を守ろうとしていたのでしょう。けれども重い口を開き、日記を提供してくれた人もいたおかげで、少しずつ一帯の集落の出来事が解明されるようになりました」

関東大震災後に開設された「陸軍習志野支鮮人収容所」には、千葉や東京などから朝鮮人3169人、中国人1692人が送られ、収容された。表向きは「保護」という名目だった。しかし、そこから朝鮮人がいなくなる、数が減っていくという奇妙な現象が起きた。収容所で憲兵が朝鮮人をより分け、軍隊が収容所から連れ出して虐殺を行っていたこと、さらに周囲の町や村に引き渡していたことが証言からわかった。おそらくリーダー格だったり反日的と思われた人たちが、選別されたのだろう。八千代市では高津、大和田新田、萱田《かやた》などでこの引き渡しが行われた。高津の住民が残した日記には、

●大和田新田の無縁仏之墓と大竹米子さん

9月7日夕刻に「鮮人を呉れるから取りに来いと知らせが有つた」こと、同9日にかけて6人の朝鮮人を「なぎの原」に連れて行き、次々と「首を切って」虐殺したことが綴られていた。朝鮮人を村人に「払い下げ」て殺させたのだ。それは他県の虐殺にも例のないことだった。

なぎの原の発掘が実現するまでは時間がかかった。大竹さんが子どもたちとともに阿部さんより話を聞いてから20年の歳月が経っていた。

なぎの原は旧住民の共有地だったため、発掘には旧住民すべての同意を要した。住民たちにとっても抵抗なく受け入れるのは難しいことだったろう。ところが地域の代表者が、保守的な考えの持ち主だったにもかかわらず一軒一軒の家を回り、発掘の了解をもらってくれたという。

1998年9月24日、大騒ぎにならないよう発掘は関係者だけで進められた。

「掘る人が湿り気をおびた土を手で確かめて、もうすぐですよ、と。そして深い縦穴から、積み重なった遺骨が次々と出てきました」。高津の住民の日記にあったとおり、6人だった。

「焼骨の間、地域の人たちや寺の住職、遺族の代わりにと在日韓国・朝鮮人の方、私たちが一緒に待っていたんです。被害者と加害者ですね。すると在日韓国人の方が地域の人に向かって『あなたたちは子や孫の世代でしょう。きょうですべて終わったと家に帰ったら先祖の位牌に伝えてほしい』とおっしゃった。あんなにありがたいことはない。でも、私たちは加害の民族としてそれでいいのか、ということなんです」

発掘には村の人たちの子や孫にあたる日本人が自分たちのこととして立ち会い、掘り出された骨をていねいに洗っていた。あの虐殺のとき、住民もまた有無を言わさず加害者になることを強いられ、その苦悩も子や孫の世代に引き継がれたのだ。重たい、重たいなぎの原の記憶を背負い、骨を洗い浄めるその姿についほだされてしまったが、事実は事実、加害の責任を伝えていかなければならないと、戦争を知る世代の大竹さんはきっぱりと語る。

「何もしていないのに、いわれなく殺された人はどうなるのか。責任はだれが取るのか。追及する厳しさを持たなくて

●観音寺の鐘楼

は、私たちは同じ過ちを繰り返してしまいます」

なぎの原のすぐ近くに「観音寺」がある。お寺の本堂わきの坂を登ると、鮮やかな彩色の鐘楼が目に飛び込んでくる。異国で殺された同胞のために韓国の「慰霊の鐘をおくる会」の人たちから寄贈されたものだそうだ。祖国の土、瓦、木材を運んで建てたという。鐘楼の傍らの「関東大震災朝鮮人犠牲者慰霊の碑」に、なぎの原で虐殺された6人の遺骨が納められている。

観音寺では毎年9月初旬に、犠牲者のための慰霊祭が行われている。毎年参加している李沂碩《リキソク》さん（1934年生まれ）からは、こんな話を聞いた。海を渡ってきた李さんの父親は東京で働いているときに大震災に遭い、警察で保護されたのち習志野収容所に送られた。

「父はそこで『朝鮮人が殺されている』と聞いて、自分たちも殺されるかもしれないと、仲間3人といっしょに夜中に収容所を脱出したそうです」

●李沂碩さん

生き延びた父親は1945年3月の東京大空襲のとき、李さんら家族6人を連れて渦巻く熱風と火の中を逃げた。途中、父親はリヤカーを調達し、それを引いて千葉県本八幡の親戚の家を目ざした。11歳の李さんと姉がリヤカーを押した。

「煙で目が開けられなくて歩いていると、何かにつまずきました。薄目を開けるとそこには、黒こげの死体が散らばっていました。亀戸駅入口前の片隅には山積みにされた死体がありました」

と李さん。そのとき父親は関東大震災を思い出したのか、「絶対に朝鮮語を話すな！」と家族にきつく言い渡したという。

「殺された同胞のために毎年来ていますが、父だって犠牲になっていたかもしれない。二度と繰り返してはならないこと。私には目に入れてもいたくない孫娘がいます。孫やひ孫がね、この国で幸せに暮らしていけるように願っていますよ」

千葉県船橋市であったこと

千葉の船橋、習志野、八千代などであった虐殺現場を、前出の大竹さんといっしょに長年調査している平形千恵子さんの案内で訪れた。

JR船橋駅のすぐ近くに、天沼公園がある。公園から続く道沿いでも虐殺が起きた。殺されたのは北総鉄道（現在の東武野田線）の敷設工事に従事していた朝鮮人であった。鎌ヶ谷の粟野にあった飯場から38人の朝鮮人が船橋警察に護送される途中、九日市避病舎前を通りかかったときに自警団が襲いかかり、38人全員が竹槍や日本刀で斬殺されたのだ。自警団による虐殺は、千葉のあちこちで起きた。

一方で虐殺から朝鮮人を守った人たちもいた。「船橋の丸山では、住民たちがふだんから親しかった2人の朝鮮人をかばい、他地区からの自警団を追い返したと言います。美化してはいけないでしょうが、事実は事実として伝えていきたいのです」と平形さん。

船橋ではもう1つ、見てほしいものがあるという。それは船橋駅の北にある行田団地を取り巻くように、丸く造られた円形道路だった。ジョギングする人などの姿もあり、このあたりの地域では知られているようだ。特殊な道路ができた所以は、戦前からここが海軍の軍事施設だったからである。1915年に「海軍無線電信所 船橋送信所」が建てられた。どんな送信所だったのか、いま芝生の広場に残っている記念碑からうかがうことができる。真珠湾攻撃の際には「ニイタカヤマノボレ一二〇八」の暗号電文をここから流したことなどが書かれていた。関東大震災時には救援電波などを流したとも記されている。

「この碑には書かれていないのですが、9月3日にここから『朝鮮人が放火している』と全国各地方長官あてに発信したのです」と平形さん。流布されるデマをそのまま流したのだろうか。軍情報はその後多発する虐殺の引き金にもなった。船橋で殺害された朝鮮人を追悼するために、船橋市の馬込霊園には1924年に船橋仏教連合会が建てた「法界無縁塔」、戦後の1947年に在日朝鮮人が建てた「関東大震災犠牲同胞慰霊碑」がある。

なぜ、関東大震災の直後にデマが流れ、それを軍や警察が拡散して「お墨付き」を与え、各地で恐ろしい虐

●船橋を案内する平形千恵子さん

殺が多発したのだろうか。自然災害ではまず出されることのない戒厳令が発令され、軍隊が出動したのだろうか。災害の救助よりも治安維持に力を入れたのだろうか。その背景には日本の強権的な植民地主義がある。

関東大震災の4年前、1919年に朝鮮半島で起きたのが、日本の植民地支配に抵抗する3・1独立運動だった。第一次世界大戦後にウィルソンが唱えた「民族自決の原則」に沿って、おもにヨーロッパで独立が相次いだ頃、朝鮮でも日本からの独立を訴えた人びとが立ち上がった。これを日本が置いた朝鮮総督府と軍隊、警察が弾圧し、多くの犠牲者が出た。朝鮮半島では、日本に対する大きな怒りが渦巻いていたことを指導者たちは知っていた。他方、日本国内では帝国主義に批判的な社会主義者たちの活動が活発になっていた。軍や警察はふだんから警戒していたこれらの人たちに対して、非常時に矛先を向けたのではないか。それを支えたのが大地震で不安にかられ、デマに踊らされた多くの日本人たちだったのだろう。

取り返しのつかないことをしてしまったものだ。のちにアジア・太平洋戦争でも日本軍はさまざまな場所でアジア民族を蔑視した蛮行を重ねてきた。それらはこのときすでに始まっていたように思える。しかし反省する声が年々なくなっていくことに不安を覚える。それどころか、ヘイトスピーチやネットでの「死ね」「出ていけ」などの個人攻撃の書き込みは、匿名で過激になっていく。それはいまを生きる多くのマイノリティの人びとに新たな恐怖を与えている。直接虐殺に加担したのではない現代の人たちも、自然災害の絶えないこの国に住み、ふたたびこのようなことが起きないように何をすべきか考えなくてはならない。

2017年より、朝鮮人犠牲者を追悼する式典に、小池東京都知事からの追悼文が送られなくなった。歴代の東京都知事が追悼文を寄せてきたのは、自治体の長としてわけへだてなく住民を守らなくてはならないとの責任感を持っていたからだろう。取りやめることは、それを職責と自覚していないことにならないか。いまでも実際に自然災害のあとには「外国人が盗みをして回っている」などさまざまなデマが起きている。

「特別な形での追悼文を取りやめ、すべての犠牲者を悼む」と東京都知事は言う。すべての犠牲者を追悼することは当然であろう。だが、大震災という天災で亡くなった人と、軍隊、警察、自警団などに虐殺された人とを「あえて」混同し、責任の在処を問われないようにしたことは、いわれなく殺された人たちに対する冒涜であり、歴史上でも大きな過ちを犯すことにならないだろうか。

久保山墓地

神奈川県横浜市西区元久保町

高津山観音寺

千葉県八千代市高津1347

□京都府宇治市・ウトロ／京都市内

京の都、長い歴史の中で

戦争中、日本の古都を防衛する目的で、京の都の南の方角にあたる宇治に、陸軍の飛行場が作られた。「京都飛行場」である。

工事を担い、戦争が終わったあとにも飯場があった集落「ウトロ」に住み続けるしかなかった朝鮮半島出身の人びと。

「苦難はむしろ、戦後にやってきた」と語る人びともまた、日本の植民地支配、戦争の被害者である。

不思議な響きを持つ集落「ウトロ」

「ウトロ」という名の集落が京都府宇治市にある。

初めてその名を聞いたときには北海道の同名の土地を思い浮かべたが、そことの関係はないそうである。宇治のウトロのほうは、もともとの地名を宇土口《うとぐち》という。粟田口、丹波口など京都には都への出入り口を示す地名も多く見られるが、宇土口がいつの間にかウトロに転じたとのことだ。

戦時中には、陸軍が宇治に「京都飛行場」を建設した。京都の南方にあり、平等院や宇治茶で知られる宇治で、米軍の攻撃から古都を守るために2本の滑走路を持つ飛行場、そして航空機製造工場、パイロット養成所の工事が始まったのが１９４０年のことだった。航空機製造工場で「赤とんぼ」と呼ばれていた練習機や輸送機などを製造し、それを牛に引かせて滑走路まで運び、飛ばしていたという。どことなく、のどかな光景だ。とはいえ京都飛行場も戦争中は爆撃を受け、亡くなった人もいたのだった。

飛行場の大規模な工事には、日本人とともに約１３００人と言われる朝鮮人労働者があてられた。その人たちが生活していた飯場がウトロにあった。

「戦争中は、大阪や京都にもたくさん朝鮮人労働者が住んでいたので、ここには朝鮮半島から人を強制的に連れて来る必要はなかったと聞いています。配給もあったし、家族で住めるし、労働者にとってここの環境は恵まれたほうだった。よそから逃げてきた人もいるほどですね。ウトロが大変だったのは、むしろ戦後なんです」と30年支援してきた「ウトロを守る会」の斎藤正樹さんは言う。

戦後、飛行場の工事現場から日本人が姿を消すいっぽうで、食料の配給もとだえてしまった朝鮮人はその場に放置された。中には国へ帰った人もいるが、暮らせなくてウトロへ戻って来た人、途中で引き返して来た人もいた。家族ぐるみでは移動もそう簡単にはいかない。日本で借りる家も仕事もなく、同胞同士で飯場のあったところに３００人ほどが肩を寄せ合った。みな失業者だった。ウトロはいつしか、ここに来れば仲間がいる、という精神的支柱にもなっていた。人びとは立ち退きを迫る土地所有者に対し、居住権を求める長い闘いを続けてきた。

　いまも約55世帯、１５０人ほどがウトロに暮らしている。私が訪れた２０１８年の始めには、これまで長年住民が暮らしてきた古い木造の家々とともに、近代的な市営住宅も建っていた。

●左から金成根さん、韓金鳳さん、斎藤正樹さん

80年代後半まで、水道がなかった

　小さな広場に面した、同胞生活相談所みんなの部屋。使い古された畳の部屋は、住民たちの集会所や憩いの場として長年、使われてきた。

「極貧の暮らしでしたが、ここは同胞にとって情報の拠点でもあった。飯場のひとつを国語教習所にして、大人たちが子どもたちに朝鮮語を教えました。それがここ（みんなの部屋）なんですよ。49年の12月には反共主義を掲げるＧＨＱと日本政府によって朝鮮学校閉鎖命令が出され、国語教習所は潰されてしまいましたが」

　このころ、すでに始まっていた冷戦は、子どもたちからも教育の場を取り上げたのだった。

　斎藤さんが集落を案内してくれる。

「ここはどの家もみんなウトロ51番地なんですよ。郵便屋さんも慣れたもんだから、それぞれの家に配達してくれますがね」

　終戦直後の映画のセットのような町並み。ハングルや日本語の立て看板もある。いまにも倒壊しそうな当時の木造の飯場もまだそのままの形で残っているが、住民は自分が住む飯場の二部屋をつぶしてそれぞれの住まいをこしらえてきたのだ。錆びたトタン屋根や、板をつぎはぎした壁。訪れたのは1月だったけれど、どうやってこの寒さをしのいでいるのだろうかと思った家もある。外に土嚢を積み上げている家もある。

「土地が低いので、雨が続くと毎年のように氾濫します。土嚢を積んでいる家は、真っ先に浸水するってことです。この家のおばあさんは『家の中に川が流れてるんや〜』と訴えていました」

　しかも驚いたことに、ここには１９８７年まで水道が引かれていなかった。上水道の配水管が敷設されたのは、

88年3月。その頃、日本社会はどうだったかと思い出してみるに、たしか出勤や登校前に髪を洗う「朝シャン（シャンプー）」がブームではなかったか。必要な湯水にも事欠く人びとがいることも知らず、私もそうだったが朝からふんだんにシャワーを消費して、気持ちいい～などと言っていた。豊かさをむさぼっていた。好景気は戦争を遠い昔に押しやってしまっていた。ウトロではいまでも当時のまま、井戸を使い続けている家があるというし、プロパンガスで生活を送っている。行政の手が入らなかった地区なのだ。

80年代の半ば頃、火事があった。消防車が来たものの水がない。住民がバケツリレーで水を運んだがとても追いつかず、消防の人たちが地区外の消火栓から水を引いてなんとか火を止めたが、数軒の家が全半焼した。その前から水道を引いてほしいという声はあったが、この火事で命の危険を感じた住民と支援者によって水道管敷設を求める運動が再燃した。

ところがウトロの所有権を引き継いだ日産車体は、住民たちを不法占拠と見なし、水道管敷設すら許可しようとしなかった。住民は宇治市役所や日産車体に出向いて訴えた。ようやく敷設工事の許可が下りたその日、ウトロの土地所有権は住民にも知らされず売却されていた。

ここを買い取った西日本殖産は1988年、住民らに立ち退きを迫る訴訟を起こした。生きる場を失いかねない住民を救済しようと「ウトロを守る会」が生まれたのはこのときだ。

「住民たちにとって、いちばん苦しい時代でした。強制撤去を阻止するために集落の入口で座り込みです。最前列に高齢の一世たちが座って、家を潰すなら私を潰せ！　と必死の抵抗でした」

しかし2000年には最高裁で、住民側の全面敗訴が決まる。

窮状に手を差し伸べたのは、韓国の市民だった。土地購入のために募金運動を始め、韓国政府も予算を組み、日本の支援者とも連帯してウトロの土地の3分の1を購入した。住民は強制撤去を免れ、戦後70年ちかく経った2014年になってようやく日本政府が地区の整備に重い腰を上げた。そうしてようやく実現したのが、新しい市営住宅2棟の建設なのだった。

斎藤さんは宇治市役所に勤めながら、被差別部落の解放運動や外国人の指紋押

捺拒否運動、ウトロの支援に関わってきた。「行政はウトロのことを知っていながら、ずっと見て見ぬふりをしてきた。それ自体が歴史的な差別であり、居住権に関する人権問題なんですよ。整備に関わり始めたいまでも、担当者は別にして、行政全体としては差別問題や朝鮮人問題に積極的ではないですね。いろんな自治体が人権研修でウトロに来ますが、ほとんどが他府県から。近くの自治体は来ない。足元の利害が絡むからなんでしょうかね」

日本の植民地政策や戦争がもとで生まれたのがウトロとその住民である。戦時中に住まいとしてあてがわれた場所に戦後も住み続ける「居住権」というものに、斎藤さんは行政にいたからこそ、なおさらこだわってきた。だがともかく幸いなことに、高齢化するウトロの人たちに安心して眠れる住まいは確保できた。今後は市営住宅に入ってお互いの顔が見えなくなる生活のなかで、これまでのつながりが切れないようにするのも大事な課題になる。

歴史記念館を作り、そこに住民が集まってお茶を飲んだりできるコミュニティスペースを併設したい、と斎藤さん。「できれば一世のおじいちゃん、おばあちゃんの看取りまでも、ここでできるといいんですけどね」との言葉は、ウトロの中だけで生きてきた1世の、ここが安住の地であることを物語っている。

洗濯物が雨に濡れない町

「コーヒー飲みにおいで」。斎藤さんを見かけて、市営住宅の4階に入居したばかりの金成根《キムソングン》さんが、ニコニコと声をかけてくれた。

「だけど飲んだらすぐ帰ってや」。このジョーク、いかにも関西風。来る前から帰れと言っている。金さんは、94歳になる母親の姜景南《カンキョンナム》さんと暮らしている。訪問した住まいは広々としたバリアフリーで、新居の匂いがした。窓からの眺めもいい。

「前に住んでた家は、鍵なんか掛けたことがない。留守して雨が降ってきたら、だれかが洗濯物取り込んでくれてたしな。ここでは、それは無理やなあ」

と、姜さんはぴかぴかのガラス窓の外に広がる空を見つめてつぶやく。戦争中には乳飲み子を背負って、大空襲のあった大阪を逃れ、やっとの思いで同胞の住むウトロにたどりついたという。戦後も食べるものがなく、ヨモギやノビルを摘んで飢えをしのいだ。そんな話を最近では、子どもたちが聞きにくることもある。人一倍苦労もしたが、情の厚いウトロは「ええとこや」という。

ウトロにはやがて2棟目の市営住宅が建つ。これと並行して、家々や飯場は取り壊される予定になっている。戦後73年、涙も怒りも絶望も、また家族の思い出も詰まった住まいだろうけれど「あまりにも辛くて、飯場などもう見たくない」というお年寄りもいるそうだ。

朝鮮半島に帰ることがなく、異国で戦後70年以上経って、ようやく安心できる生活を手に入れた人びとの幸せを願わずにはいられない。かつての集落が姿を変えたとしても戦後長い間、水道さえ敷かれなかったこの集落のことは忘れられないと思う。

都に残る、日韓交流の長い歴史

京都は平安時代に都が置かれたのを機に、その後も長く歴史の表舞台となり、さまざまな記憶が残されてきた。人びとの憧れをかきたてる雅やかなものの中にまじって、まったく正反対の負の記憶もある。

そのひとつが東山区の豊国神社の門前にある耳塚だろう。ひっそりと隠された遺跡だとばかり思っていたので、あっけらかんと目の前に現れる大きな土まんじゅうのような耳塚を初めて見たときは衝撃だった。天下統一を成し遂げたあと、大陸進出をもくろんだ豊臣秀吉が、朝鮮に出兵した文禄・慶長の役でのことだ。京都府が設置した看板には、「秀吉輩下の武将は、古来一般の戦功のしるしである首級のかわりに、朝鮮軍民男女の鼻や耳をそぎ、塩漬にして日本へ持ち帰った。それらは秀吉の命によりこの地に埋められ、供養の儀が持たれたという。これが伝えられる『耳塚（鼻塚）』の始まりである」と記されている。さらに最後のほうには「秀吉が引き起こしたこの戦争は、朝鮮半島における人びとの根強い抵抗によって敗退に終わったが、戦役が残したこの『耳塚（鼻塚）』は、戦乱

●朝鮮通信使の説明板

下に被った朝鮮民衆の受難を、歴史の遺訓として今に伝えている」

耳塚では毎年、慰霊祭が行われており、日韓の市民が参加しているという。

このように何度かにわたって日本の侵略が行われた一方で、長い交流の歴史もあった。朝鮮半島から日本にもたらされた文化の豊かさはいうまでもない。島国である日本にとって、大陸のよきものに触れる玄関口となっていたのが朝鮮半島であった。

秀吉の朝鮮出兵により日朝の間には大きな亀裂が入ったが、断絶していた国交回復をめざし、江戸時代には朝鮮通信使による12回の人的交流も行われた。実際はそれ以前から通信使の行き来はあったのだが、江戸幕府が戦争のあとの捕虜の返還など和解の手段として、このような交流を行なった。

江戸の朝鮮通信使は、釜山から海を渡って対馬・壱岐、瀬戸内海のいくつかの港に風待ちで寄港しながら、大阪へ。淀川を船でさかのぼり京都へ立ち寄ったあと、江戸へ向かう（一部は日光まで）という道のりだった。京都にもいくつか、通信使一行の定宿となっていたところがあった。本圀寺《ほんこくじ》、大徳寺、本能寺などの名刹にも宿泊し、本能寺の前には、朝鮮通信使が立ち寄ったときの様子を書いた説明版も立っている。将軍の命で通信使一行を歓迎する盛大な饗宴も催されたと記されている。

異国の人びとの、そのいでたちや文化に、お互い興味津々だったであろう。江戸の朝鮮通信使は200年続いた。それ以前の交流史もあわせると、なんと長いつきあいだろうか。

平安時代に都が誕生してから1200年以上になる。さまざまな歴史が織り込まれた古都に立ち、そんなことを考える。

●ヌチドゥタカラの家

□沖縄　伊江島

島のいくさ世

沖縄北部の伊江島をご存じだろうか。

住民の4人に1人、全体で20万人以上が亡くなったと言われる沖縄戦だが、この島の住民の死者はじつに2人に1人にのぼる。

人びとが逃げ込んだガマと呼ばれる洞窟では、強制集団死（集団自決）もあった。

戦後、伊江島の6割以上は米軍に接収されて軍用地となり、極東における核戦略の重要基地として使われた。

人々は先祖代々からの土地を取り戻すために、立ち上がった。

しかし、いまでも伊江島の35％は米軍軍用地である。

サトウキビ畑の島が戦場に

沖縄本島北部の本部《もとぶ》港から出た船は、伊江島へと近づいて行く。平らな島の真ん中あたりにぽっこりひとつ山があり、それ以外は平らな土地が広がっているのがわかる。桟橋を降りながらブルーの海をのぞくと、ウミガメが悠々と泳いでいた。

伊江島を車で案内してくれたのは、反戦平和資料館「ヌチドゥタカラの家」の若いスタッフである。「島全体が見渡せるから」と言われ、まずはその形からタッチュー（塔頭）と呼ばれる城山《ぐすくやま》に登ることにした。

海抜172メートルの頂上に立つと、海に囲まれた島の地形がよくわかる。ほとんど平地で占められていることが、戦争中も戦後もこの島を苦難に導いたのだろうか。戦争が始まる前は、一面のサトウキビ畑だったそうだ。日本軍は1944年、「東洋一」と言われた陸軍

伊江島飛行場の建設に着工した。戦争のために大事な土地を奪われた島の人たち。ある住民の日記には、「墓まで軍に明け渡せと言われた」との記述も見られる。しかも完成した後、軍は米軍が上陸し飛行場が敵の手に落ちるのを恐れ、住民らに命じてせっかく作った滑走路などを爆破させた。

日本軍の恐れは、まもなく現実となった。1945年3月23日、沖縄全域は米軍の激しい上陸前空襲に見舞われた。米軍はまず慶良間《けらま》諸島に上陸。捕虜になることを許されないと思い込んでいたり、また軍と行動を共にしていた島の人びとは、強制集団死に追い込まれた。そして4月1日、沖縄本島中部の北谷《ちゃたん》、読谷《よみたん》に上陸し、本島を横断、それから南北に分かれて進軍して行った。沖縄では15歳〜45歳までの男女が「根こそぎ動員」され、日本軍は死に物狂いで応戦した。沖縄全島が住民を巻き込んだ地獄の戦場と化し、米軍の本土上陸を阻むための捨て石とされたのである。

沖縄には、驚くほどたくさんの慰安所も作られた。沖縄の女性史研究グループの調査では、146か所を数える。本島のみならず、渡嘉敷島や座間味島、伊江島、石垣島、宮古島、西表島などにも日本軍の慰安所があったのだ。

4月16日の早朝、米軍は北部の伊江島へ上陸した。約7000人の島の住民の多くは本島に避難したり防衛召集されたため、伊江島に残っていたのは3000人ほどだったそうだ。城山の頂上に立って、海岸線を目でたどる。この海岸から大勢の武装した敵兵が島に上陸してきたとき、住民はどれだけ恐ろしかっただろうか。四方は海。どこにも逃げ場がないのだ。

日本軍はこの城山に強固な基地を置き、住民を駆り出して応戦した。し烈な地上戦が始まったが、ろくな武器はない。爆薬箱を抱えて、穴に隠れて近づく米軍装甲車に飛び込んだり、米軍の陣地内に突入するなど、自爆を試みたとの記録が残っている。その中には住民の女性たちも加わっていたという。しかし捨て身の自爆攻撃もほとんどは役に立たず、米軍の陣地に近づく前に、銃弾を浴びて倒れていった。

4月21日、米軍は伊江島の攻略を宣言。米軍の指揮官をして「いまだかつて見たこともない激しい戦闘」と言わしめたほどの血みどろの闘いだった。住民たちが動員されて造ったものの破壊を命じられた飛行場を、米軍はたった2日で修復し、本土空襲などの足がかりとして利用したという。

城山を降り、島の中を車で回る。当時のまま残されている公益質屋（自治体などが国の助成を受けて運営する質店。2000年廃止）の建物では、分厚いコンクリート壁に蜂の巣のように穿たれた弾痕跡が、70年以上前のいくさのすさまじい砲撃を物語っていた。

追われた住民が身を潜めたガマは、島の中にいくつもある。島の東部の道路沿いにある「アハシャガマ」でも痛ましい強制集団死に追い込まれた。アハシャガマには住民150人ほどに加えて防衛隊員（注1）が避難していたが、4月22日ごろ米軍からの投降の呼びかけでパニック状態に陥り、防衛隊が持ち込んでいた地雷で一斉に自爆が始まった。「捕まったら女は慰み者にされ、男は虐殺されるから絶対に投降しないように」と日本軍からも仕向けられていたからである。ガマにいた人々のほとんどが爆死した。沖縄が日本に復帰した後、アハシャガマからは百数十体の遺骨が発掘されている。入口に立ち、暗闇がひろがるガマの中をのぞきこむだけで、慟哭が聞こえてくるようで息が苦しくなる。また、島の人びとののどを潤した真水の出る泉＝ワジー（湧出）があった海辺の断崖からは、追い詰められて大勢の人が身を投げた。

この小さな伊江島での戦争は、沖縄戦の縮図だと言われる。米軍は6日間の戦闘で4706人の日本兵を殺害したとされるが、調べてみるとその大半が住民だったという。伊江島が血みどろの戦場になり住民のおよそ半分が犠牲になったことを、本土の人間は知っているだろうか。

「沖縄のガンジー」と呼ばれた阿波根昌鴻らの闘い

伊江島にこの人ありと言われた阿波根《あはごん》昌鴻《しょうこう》さん（1901－2002）は沖縄本島の本部町に生まれた。

生家は貧しい士族で農業を営んでおり、子どもたちを小学校へ行かせるのがやっとだった。阿波根さんは17歳でキリスト教徒となり、結婚後は伊江島に居を構えた。キューバやペルーへ出稼ぎに行った経験もある。

沖縄戦の時にはガマからガマへと逃げ

て生き延びることができた。伊江島の戦闘が終わったあとガマから出ると、老人、女性、子どもも含む無数の、半ば腐乱した死体が目の前に散らばっていたという。阿波根さんの19歳になる息子は、本島南部の浦添あたりで亡くなったと聞かされたが、遺骨も見つからなかった。

多くの命が失われた戦争が終わって、阿波根さんを含む島の人びとは米軍によって慶良間諸島などに強制移住させられた。ようやく2年後に帰島が許された彼らが目にしたのは、米軍基地に占領された故郷だった。1953年、米軍は最初の「土地接収通告」を出して伊江島の測量を開始。1955年には武装兵を派遣して人びとを立ち退かせ、家々を破壊し、6割以上の土地を軍用地として接収した。米軍による力ずくの強制収用は「銃剣とブルドーザー」と比喩される。

作物をつくる土地を失い、飢えにさらされた阿波根さんら住民は、ありのままの姿を伝えるべく乞食になる決心をする。「乞食をするのは恥ずかしい。だがわれわれの土地を取り上げて乞食をさせる米軍はもっと恥ずかしい」と書いたのぼりをかかげた「乞食行進」を行い、伊江島の窮状を訴えた。彼らの行動は行く先々で大きな反響と共感を呼び、のちの島ぐるみ闘争へとつながっていく。

阿波根さんが先頭に立ち、伊江島の人びとともに非暴力無抵抗で米軍と対峙した。相手も同じ人間。敵視するのではなく敬意を持って交渉にあたるやり方は、いまも沖縄の反基地運動に根づいている。「土地を守る闘いは戦争をやめさせ平和をつくることにつながるし、つながらなければならない」と、のちに著書『命こそ宝　沖縄反戦の心』（岩波新書1992年）に記している。

1972年、沖縄は本土に復帰。しかし反基地闘争は終わらなかった。

1984年、阿波根さんは島の東側にあたる海沿いに反戦平和資料館「ヌチドゥタカラの家」と「やすらぎの家」を建設。戦争で傷ついた人びとの記憶を心に刻み込み、福祉と平和を伊江島から世界に広げることをめざした。一帯は「わびあいの里」と名づけられている。

復帰前の伊江島は、米軍の核戦略基地だった

「ヌチドゥタカラの家」は、私がこれまでに見学した中で、もっともつましい

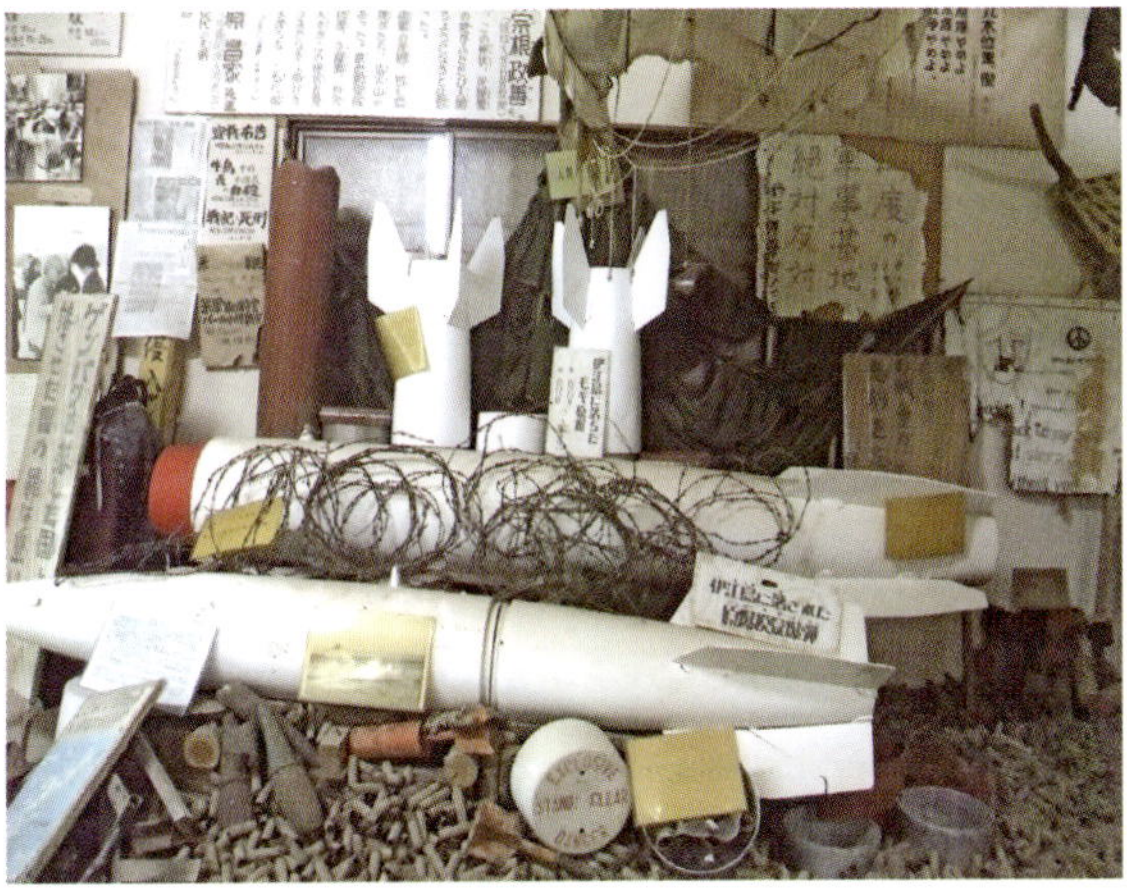

●資料館に展示された兵器など

資料館である。エアコンもガラスケースもなく、戦中戦後の空気がそのまま閉じこめられている空間だ。

薄暗い空間に大量の薬きょう、落下傘、米軍が張り巡らせた鉄条網が積み上げられている。ミサイルのような白い物体は、戦後、米軍が伊江島で訓練と称して投下していた核模擬爆弾だという。

2015年になってアメリカ国防総省は、本土復帰前の沖縄に核兵器を配備していたことを公式に認めた。冷戦に備えてこの島を極東の核基地や訓練場として使っていたのである。

米軍による痛ましい事件の数々も、当時の写真とともに展示されている。

1948年には米軍の爆弾処理船（LCT）が伊江島の桟橋で大爆発し、本部港から着いた連絡船の乗客や出迎えの人、桟橋のそばで泳いでいた子どもたちなど102人が亡くなる大惨事が起きた。

1959年には生活のために戦闘機から投下された核模擬爆弾の不発弾を解体していた住民が爆死した。演習地の外で草刈りをしていた住民を米兵が銃撃した事件もあった。「戦争で生き残ったのに」と人びとは怒り、悔しがった。不当逮捕などはたびたびであった。阿波根さんらは粘り強い交渉を重ね、米軍に接収されていた島の土地を少しずつ取り戻していった。交渉にあたっては陳情規定＝「米軍と話すときの心得」なるものをつくり、これを守った。

「手に何も持たないで座って話すこと。短気、悪口、ウソ、いつわりを言わないこと。この不幸な土地問題が起きたのは、日本が仕かけた戦争の結果であり、我々にもその責任があることを忘れず、米国民を不幸にするようなことはつつしむこと」

手書きの文字には覚悟とともに人に対する慈しみも感じられる。

「わしらの闘いの基本は、何よりも相手のことを考える闘いということだったのであります」

阿波根さんが「沖縄のガンジー」と呼ばれている所以でもある。

小指の痛みは全身の痛み

阿波根さんのよき理解者で、亡き後は館長を務めている謝花《じゃはな》悦子さん（1937年生まれ・次頁写真）から話を聞いた。

「沖縄戦が始まったとき、私は重い病気を患っていて生きるか死ぬかだったの。

●「でーじなとーしが」は、大変なことになっているという意味

『子どもたちを殺すわけにはいかないから』と父は母や私やいとこたちを、伊江島から本島に疎開させたんですね。戦争が終わったら迎えに行くと言って。それが最後でね。父は伊江島で亡くなりました」

謝花さんは戦後になって阿波根さんに出会い、最期を看取るまで住民の命と土地を守り抜くために、ともに闘った。6歳で難病を患った謝花さんは、医師たちが軍医として戦場へかり出されたため治療が受けられず、身体に障がいが残ってしまった。自らも戦争の被害者だった。

戦後、大手術を受けてようやく車いすで動けるようになったが、痛み止めもないなかで苦しみにのたうちまわった。

「阿波根は土地の闘いの真っ最中だったけれど、病院に見舞いに来て、私にこう言った。『その痛みは、戦場で腕や足を失って死んでいった人たちと同じ痛みだ。けれどもあなたは生きている』と。私は何をすべきか、そのときわかった気がしたね」

阿波根さんが亡くなったのは2002年3月21日。前日の3月20日に、アメリカ軍によるイラク戦争が始まった。

「『平和が見えない。あの世に行ってまで平和運動をやらないといけないのか』と阿波根はたいへん悔しい思いのまま逝ってしまったけれども、平和が見えないどころか、あのときよりも戦争準備がどんどん進んでいる」

本土の人たちは、まだ沖縄の現状を知らない、と謝花さんは言う。だから本土から人が来ると、車椅子で出迎えて時間の許す限り話をする。

「政府がマスコミを押さえ、平和学習も押さえつけました。沖縄を知ることができない状態を作ってしまった。本土では『基地がなければ沖縄は食えないでしょう』とか、『軍備も基地も沖縄を守るためにある』という。それを信ずる日本の国民がいかに多いことか。阿波根は平和の武器は学習であると言って、学習を深めるため島に『団結道場』を作った。学習しないとだまされていることもわからない。沖縄も日本の一県であるのに、犠牲にしてでも日本を守らせたいという考え方は、絶対に許されることではないですよ。私は戦後、一日だって沖縄に平和な日はなかったと思っています。ずっと前に沖縄のある政治家が『小指の痛みは全身の痛み』と言ったけれど、本土の人たちにはこの痛みを国全体の問題として考えてほしいんです」

一日だって平和はなかった。資料館にかけてあった変色した布に、住民たちの寄せ書きがあったのを思い出す。「連帯・団結・祖国復帰」「祖国に帰りたい」。本土復帰前の心の叫びだ。「復帰さえすれば、米軍基地から解放される」、そう信じていた。1972年、復帰は実現した。しかし平和への願いは、日米政府によって裏切られ、本土から米軍基地が減らされていく一方で、沖縄における基地の負担割合はさらに大きくなった。

「疲れたでしょう。甘いものでも食べなさい」。そう言って謝花さんが持って来てくれたのが、お皿いっぱいに積み上げられたさーたーあんだぎー。油で揚げた球状のドーナツのような沖縄のお菓子である。私がいつも作るんですよと笑っていた。ほおばりながら、本土の人間として後ろめたさもあり、おそるおそる謝花さんに聞いてみた。「復帰を心から願っていましたか」と。

「もちろん。だって戦争で犠牲になって本土から切り離されたこと自体、大変悲しいことだったから。早く母国に帰りたいという思いはあったわけだけども、結果としては復帰前に本土にあった基地も多くが沖縄に移されたので、まったく後悔のほうが大きくなりました。パスポートを持たないで自由に本土との間を出入りできるようにはなったけれど、それ以外は望んだ復帰ではなかったね」

日本政府は「わが国周辺の安全保障環境が厳しくなった」と危機を煽る。沖縄の負担軽減を口にしながら「辺野古は唯一の解決策」と新基地工事を進める。だが沖縄の民意は、2018年9月に行われた沖縄県知事選で、故・翁長雄志知事の意向を継いで辺野古新基地建設に反対する玉城デニー氏を選んだ。

「戦争のための基地は要らない。今度、戦争が起きたら、どんな最新兵器が使われるだろうか。かつての戦争とは規模が違う。滅びるかもしれないね、日本も世界も。『軍備は人を滅ぼす』というのが

阿波根の口ぐせだった。そうさせないように、命がある間はやらなくちゃならない」
沖縄の問題ではない。もう限界に達している小指の痛みを本土の人間こそ受け止めるべきではないか。

ヌチドゥタカラの家

沖縄県国頭郡伊江村字東江前2300-4 ☎0980-49-3047 開館時間午前9時〜午後6時 年中無休 本部港から伊江港までフェリーで約1時間。通常1日4便。伊江港からは車で約5分。団体は予約を。

＊注1 防衛隊 非常時に活動する予備役の在郷軍人などを集めて作った組織で、17〜45歳が対象となった。沖縄戦では兵力不足を補う補助戦闘部隊として戦場に駆り出され、召集された2万数千人のうち、約1万3千人が戦死したとされている。

つながるインターナショナリズムこそ

□沖縄県・読谷村、摩文仁

20数万人の犠牲者を出した沖縄戦から、73年。

米軍が上陸した読谷村《よみたんそん》を訪ねた。

戦争末期、米軍の本土上陸を少しでも遅らせるために、捨て石とされた沖縄。10代の少年少女から60代の男性までが「根こそぎ動員」で戦場へかり出され、軍民の「共生共死」が求められた。

悲劇から学ぶべきことは何か。そして、本土から沖縄を考えることはもちろんだが、沖縄から日本と世界を見ることもまた、必要ではないだろうか。

チビチリガマの強制集団死

1945年4月1日の夜明け前。

沖縄本島中部の読谷村の海岸をめがけ、米軍の艦砲射撃が始まった。読谷から嘉手納にかけての海岸沿いには、約1500隻の米軍艦。補給部隊の兵員を合わせ、18万人と言われる米兵が一斉に押し寄せ、午前8時30分に一部が上陸を開始した。日本軍は米軍を内陸におびき寄せるため、あえて米軍の「無血上陸」を許した。そうして1日でも長く本土上陸を遅らせる……沖縄を捨て石にする作戦＝地上戦はこうして始まった。

読谷の海からそう離れていない波平《なみひら》地区に、昼なお暗い谷がある。石段を下りると谷底の岩の裂け目から、暗い闇がのぞいている。「チビチリ（尻切れ）ガマ」である。ガマは自然がつくりだした洞窟の壕で、沖縄戦では民間人のみならず軍人も激しい攻撃を逃れてガマに身を潜めることが多かった。チビチリガマも入口は狭かったが、奥はひょうたん型になっていて広い部屋があったという。

米軍上陸の翌日、4月2日にここですさまじい惨劇が起きた。米軍が外から投降を呼びかけたとき、ガマの中では「捕まるのは罪だ。潔く死のう」という声があがる。「生きて虜囚の辱めを受けず」と根強く教育されてきた人びとは、母親が娘の首を切る、看護婦（師）が毒薬注射を打つなどで阿鼻叫喚となった。ふとんを積み重ね、油をかけて火を放ち、ガマの奥にいた人たちは逃げられなかった。「生き延びたい」と振り切るようにガマから出て米軍に投降した人もいたが、ガマにいた139人のうち83人が亡くなった。非国民と呼ばれるよりも死を選んだ。むしろ選ばされたと言えよう。しかも痛ましいことに、死者の半数以上は子どもだったという。

沖縄国際大学教授で沖縄戦に関する著書も多い石原昌家さんに話を聞いた。沖縄の人たちがこのように死を選ばされたことを、石原さんは軍人を美化し殉国死を意味する「集団自決」ではなく「強制集団死」と呼んでいる。幼い子どもたちが自らの意志で自決をするはずもなく、親も子を殺したいはずはない。軍国主義による強制力がそうさせたからだという。石原さんは沖縄戦を「前門の虎、後門の狼」に例える。虎は米英軍、狼は日本軍＝皇軍だ。その間にはさまれ、行き場を失ったのが沖縄の住民だったのだ。虎に襲われ、あとずさりする。しかし自分たちを守ってくれるはずの日本軍は、ときに住民を壕から追い出したり、食料や物資を奪ったり、集団死を強いたりした。なぜ、そんなことになってしまったのだろうか。

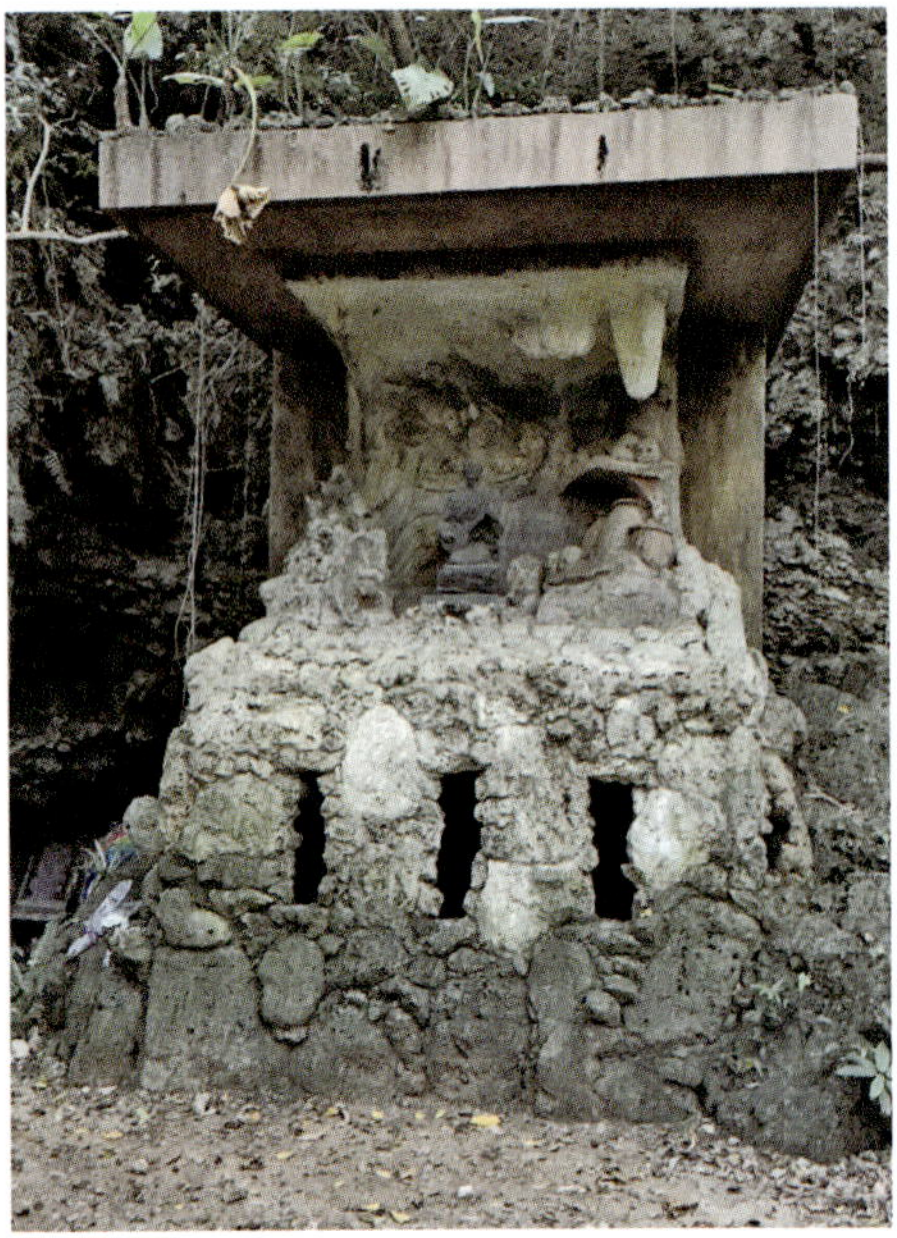
●チビチリガマ入口の「世代を結ぶ平和の像」

「沖縄では住民にも『軍官民共生共死』を強いたのです。1944年夏に日本軍が沖縄に移駐したとき、兵舎がほとんどない状態で住民の住まいに有無を言わせず同居し、また陣地を構築するときにも住民を強制的に動員しました。こうした状況で軍事機密は自然に住民に知られてしまったのです。それで、さまざまな機密が漏れないよう軍は住民に対してとりわけ厳しく取り締まりを行ったんですね。つまり軍の『県民指導方針』として、軍と住民は（機密をともにする点でも）一体であると極秘のうちに仕向けて行ったのです」

沖縄では、米軍がまいた投降勧告ビラ（降伏して捕虜になるよう勧めるビラ）を拾っただけでスパイと見なされて銃殺されたり、投降しようとして日本兵から撃たれた住民などを目撃したという証言は少なくない。血みどろの闘いが繰り広げられ、米軍から追い詰められていくなかで、あとから来た日本軍の部隊が先に壕に入っていた住民を追い出して占拠してしまい、壕から出た住民が撃たれて死んだり、子どもの泣き声で敵に居場所が知られるからと命を奪うよう命じられた親たちもいた。

住民は戦争にまきこまれたどころではなく、まさに後門の狼からも狙われ被害を受けたわけである。日本軍が守ろうとしたのは国体（天皇を中心とした国家体制）であって、住民ではなかったのだ。しかも自分たちが理解できない方言を話すという理由で、住民にスパイの疑いをかけたり、殺害したりもした。だから沖縄戦を生き抜いた多くの人びとが「国家は国民の生命・財産を守る」と言われても信じないのはいまも同じだ。にもかかわらず戦後、沖縄の人たちは「軍とともに勇敢に戦った」としてその一体化を称賛され、皇軍兵士と同じような扱いを受けるようになった。

後門の狼たちの存在や、責任が問わ

れないまま今日まで来てしまったのは、「1957年の援護法の影響」と石原さんは言う。日本政府は軍人軍属などを対象とした「戦傷病者戦没者遺族等援護法」（以下、略して援護法とする）を、沖縄に限り一般住民にまで拡大して適用した。これによって、0歳児から限りなく高齢の人も「戦闘参加者」となり、援護年金を受けることになった。この話だけを聞くと、一般の人たちに適用されてよかった、沖縄の人びとに苦しみを与えたという政府の償いだろうかと考えるのだが、石原さんによると援護法の適用によって沖縄戦の本質は「意図的に」覆い隠されてしまったのである。

つまり戦闘に参加して亡くなったということで、戦争の空襲や原爆などで亡くなった人たちは祀られない靖国神社へも合祀され、「英霊」となった。戦死者をひとまとめに英霊として国家に迎え入れてしまうことで、この国はアジアへの加害責任だけでなく、沖縄の住民に共生共死を強いて自国民を死に至らしめたことの反省からも目を背けることになったのだ。

もうひとつ、何度も石原さんの口をついて出た言葉が「琉球併合」だった。明治政府の琉球処分によって、沖縄は植民地化された。それまでまったく違う言葉や文化を持っていた琉球王国を、主権を取り上げて無理やり日本に組み入れてしまったのである。それと同じことを日本政府はその後、台湾や朝鮮を相手に行った。「明治150年」を迎えて、併合された沖縄に目を向けないことが、いまでも本土の沖縄への無理解や差別につながっている。私たちは沖縄のことをあまりにも知らなさすぎる。

抗う者たちをきざむ彫刻家

チビチリガマの入口には「世代を結ぶ平和の像」があり、千羽鶴がかけられている。このガマの悲劇については、住民も長らく重い口を開くことができなかった。ようやくことの次第が明らかになり、像が作られたのは1987年のことだ。読谷に暮らす彫刻家、金城実《きんじょうみのる》さんとチビチリガマで亡くなった人びとの遺族たちが共同製作した。「ごめんね、ごめんね」と言いながら土をこねる遺族もいたという。いまも遺品や遺骨のあるガマのなかに、一般の人たちが入ることは禁じられている。

上陸した米軍は、一部は北部へ、大半は日本軍の司令部があった首里方面に向かい、嘉数《かかず》高地などでは血みどろの激戦となった。戦力の8割を失った日本軍は

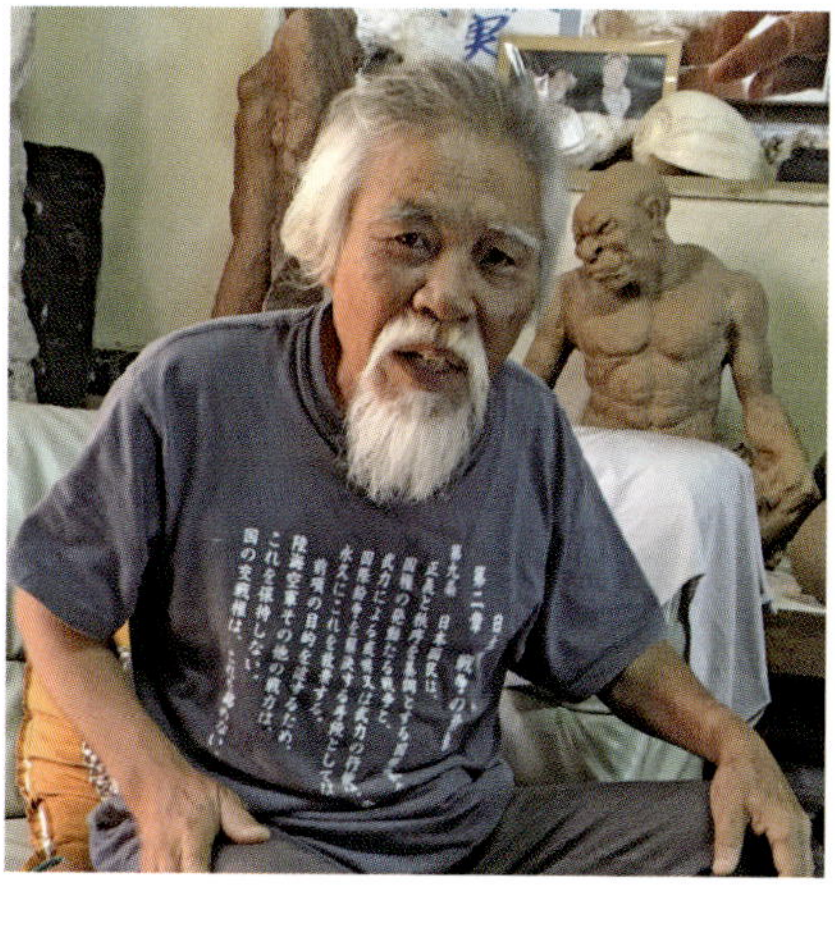

●金城実さん

5月下旬、首里を放棄。ばらばらになった軍と多くの住民がともに南部へ逃げ、追い込まれていくことになる。

読谷のアトリエに、金城さんを訪ねた。広いアトリエの隣に庭があり、「銃剣とブルドーザー」「鬼神」といった大きな作品がにらみを利かせている。戦争の記憶のなかでも、権力者の弾圧と民衆の抵抗が庭にあふれかえっており、圧倒される。「なまぬるい奴は鬼でも喰わない」。かつて丸木美術館で開かれた金城実彫刻展のタイトルを思い出した。

1939年に沖縄の小さな島、浜比《はまひ》嘉島《がしま》で生まれ、父親を戦争中にブーゲンビル島（パプアニューギニア）で亡くした金城さんだが、「世代を結ぶ平和の像」のような住民の被害を刻む像とともに、朝鮮人の受難を扱った「恨《ハン》之碑」などの作品もある。アメリカから、日本から受けた被害の記憶がとても濃い沖縄で、朝鮮の人びとを彫るのはどんな考えがあってのことなのか、前々から聞いてみたいと思っていた。

「恨之碑」は読谷村の残波《ざんぱ》岬に向かう手前にある。後ろ手に縛られ目隠しをされているのは、筋骨たくましい若者。階段を登った先には死が待っているのだろうか。若者の足には老母がすがりついて泣いている。二人の背後には、銃を持った兵隊がいる。若者の力強さに対して、兵隊の顔は印象が薄く、亡霊のようだ。金城さんは言う。

「若者は朝鮮の軍夫です。肉体も精神も堂々としてまっとうな人間の姿をしている。銃をもって怯えている貧相な男は、日本兵。皇軍の兵士だ。この対比は人の尊厳。どちらに尊厳を見いだすか」

朝鮮人軍夫とは、沖縄戦で土木や弾薬の運搬などを担わされた軍属のことだ。約1万人と言われているが、沖縄戦で亡くなった実態はつかめていない。民間人の4人に1人が殺されたのだから、朝鮮人軍夫の犠牲者も少なくないだろう。恨之碑が建てられたのは、沖縄戦で生き残った元軍夫たちから「沖縄での遺骨収集がかなわないなら、せめて亡くなった仲間たちのために碑を建ててほしい」と願う声があがったのがきっかけだという。全国から集まった寄附をもとに韓国慶尚北道《キョンサンプクト》の英陽《ヨンヤン》（1999年）と沖縄の読谷村（2006年）に、それぞれ「恨之碑」が建てられた。軍夫は男性だが、沖縄に130か所あったとされる慰安所には「慰安婦」にされた朝鮮半島や台湾出身の女性たちも集められていた。

金城さんの出生地は、沖縄中部の東にある浜比嘉島。古くから神々の島として知られ、よそ者は入ることができなかったと聞く。が、暮らしは本島よりさらに貧しかった。

「オヤジは18歳で結婚して、おれが1歳にならないうちに熊本連隊に入隊するわけですよ。意気揚々と旗振って島の連中を戦争に駆り立てていたという。それでブーゲンビル島（パプアニューギニア）で戦死した。母ひとり、子ひとり。オヤジの顔も知らん」

大人になってから金城さんは、靖国神

社に行きたいという母につき添ったことがある。夫は立派な天皇の神社に寝ていると母は疑わず、金城さんも半信半疑ではあったが、そう思っていたという。
「母親は手に貝がらをにぎりしめておった。一個人の魂を靖国神社に納めたいと思っていたんだろうが、慇懃無礼に断られるわけや。こんなもの、受け取れませんよと。なあ、悲しいて、マンガみたいで、笑いたくもなるし、泣きたくもなるし。うちの母ちゃん、なんかバカを見たなと。国家にとっては兵士の一人なんてゴミくずや。それで母親に、父親は犬死にしたと言ったら、崇高なる精神ではるばる靖国まで出かけて行った母親はあたりまえだが激怒した。そのとき、靖国がわかったわい」

2004年、金城さんは靖国神社にA級戦犯とともに合祀されている父親を取り戻す沖縄靖国訴訟の原告となり、犬死にと言われて激怒した母親も、「ひょっとしたら息子は正しいのではないか」と法廷に足を運ぶようになった。靖国訴訟には同じ思いを共有する日本人、植民地主義のもとで戦争に協力させられて犠牲になり、勝手に祀られた朝鮮人、台湾人もそれぞれ「家族の名前を靖国から外してほしい」と訴えている。

「オヤジは、立派な帝国軍人になって差別から解放されるんだという意気込みを持っていたんだろう」と金城さんは言う。なぜそうしたのか、せざるをえなかったのか、そこまで切り込まなくては沖縄のことも見えないはずだ、と。

「恨」と「肝苦《ちむぐ》りさ」

19歳まで浜比嘉島で過ごし、京都の大学へ進んだ金城さんは、その後、得意な英語を生かして教師になる。沖縄へ帰った今でも沖縄のアクセントに関西弁が混じる。「金城実の人間形成は関西や」と言う。

●皇軍兵士と朝鮮人軍夫を彫った「恨之碑」

35年間、大阪や兵庫の定時制高校や夜間中学で英語を教え、その間、多くの朝鮮人や部落の生徒たちと共に過ごした。

教師たちが怖じ気づいて足を運びたがらない部落の家庭訪問に行き、生徒の父親と酒を酌み交わしながら体当たりで信頼関係を築いたこともある。生徒が教師に暴力を振るって大けがをさせた時には、教師から無視された落ちこぼれの生徒の心情をいち早く察し、退学処分を避ける画策をした。最後は教師たちが全員一致で退学処分を見送ったという。けんか上手を自負しているが、実際、腕力ではなく知恵を使ってけんかに勝った自慢話は枚挙にいとまがない。自分が勝つが相手も生かすけんかである。

関西で出自や生きてきた環境も異なる人びととの濃密な時間を過ごし、外から沖縄を見て、帰ってきた。沖縄にも朝鮮人や台湾人は住んでいるが、被植民地の不条理を主張しにくい土壌であることにも気づいた。明治の「琉球処分」で日本政府から大切な文化を奪われ、戦争ではお国＝日本の国体のために犠牲になった。その歴史は旧植民地の人びとやアイヌなどさまざまな民族にもあてはまる。同じ構図である。沖縄には「肝苦《ちむぐ》りさ」という言葉がある。なんともいえない心の痛みがずっと続くこと、を指すそうだ。それが朝鮮半島の「恨」にも通じるというのだ。だが、沖縄の人たちは自分たちだけが被害者だと思っているのではないかと金城さんは問いかける。

「今も昔も、ここには沖縄ナショナリズムというものがあるんですよ。基地問題を真剣にやっている人でも人権問題に疎いことがある。政治的な基地問題が大事なのは当然や。それと人権問題とはクルマの両輪であるはずなのに、なぜか両輪にならない」

１９０３年に「人類館事件」が起きた。日露戦争の前年にあたるこの年、大阪・天王寺で「第五回内国勧業博覧会」が開かれ、「学術人類館」と名づけられたパビリオンで朝鮮や台湾などの植民地住人、中国（清国）、アイヌ、沖縄の人たちが、その生活様式とともに見せ物として「展示」された。海外から人権蹂躙の批判を浴び、一部は中止されたが、同じく抗議の声をあげた沖縄の言い分は、「野蛮な他民族と同等に扱われた」ということであった。

１９１１年には「河上肇の舌禍事件」があった。マルクス経済学者として知られる河上肇が来沖し、沖縄文化の独自性が国家的統合から自由であることに期待を寄せた講演を行った。そんな河上を『琉球新報』は、非国民精神のアジテーターであると批判した。「忠君愛国の沖縄の自分たちに向かって何を言うのか」と憤ったという。いずれも沖縄の人びと、特にメディアやリーダーのなかに自ら忠君愛国を強く示し、ヤマトに同化していこうとする姿勢が表れていたという。

「差別から解放されようとするあまりに、自らも他者を排外してしまう。解放と排外が今も無意識のうちに沖縄で続いている。基地問題も、同じ被害者どうしが連帯するインターナショナリズム（国際主義）が必要なんですよ。地球上で権力と闘う者は、みんな同志や。それがなくて、沖縄だけよくなればいいというナショナリズムに気づかないとしたら、危険なことだと思っている」

「平和の礎《いしじ》」が本当に伝えたいこと

読谷村から、車で南部に向かう。首里を押さえた米軍は、6月末には摩文仁《まぶに》の丘まで人びとを追い詰めた。

南部の犠牲の大きさをいまに伝える場所のひとつに、糸満市米須《こめす》集落がある。歩いて回れる小さな集落だが、草ボウボウの空き地が目立つ。沖縄戦で住民の半数以上が亡くなっているからだ。全257戸のうち一家全滅世帯が62戸もある。米須の住民は壕に避難した。そのひとつ、アガリン壕には日本軍が入ってきて米軍の投降の呼びかけに抵抗したため、ガソリンやガス弾を撃ち込まれて159人が殺された。いまも集落を歩くと、空き地の草に埋もれるように小さな祠がいくつもある。一家全滅して継ぐ人がいない世帯の跡だ。香炉をお供えした小さな祠が、長い時を経てなお死者の存在を生々しく感じさせていた。

●沖縄戦で住民の半数以上が亡くなった米須集落

海を見おろす摩文仁の丘には、観光客も含め、多くの人が訪れる。沖縄戦終結50年を迎えた1995年、大田昌秀県知事のもとで戦没者慰霊碑「平和の礎《いしじ》」が建立された。圧倒されるのは、そこに刻まれている沖縄戦の犠牲者のすべての名前であろう。敵味方関係なく兵士も民間人も、当時植民地だった朝鮮や台湾の死者の名も。一人ひとりの生きた証しである名前を刻むという考え方は、その後各地の空襲追悼碑にも引き継がれていく。

「平和の礎 刻銘検討委員会」の座長としてこの一大プロジェクトに取り組んだ

沖縄国際大学の石原昌家さんは、「沖縄戦のことを忘れないためには、戦場がそのまま記憶されるのが望ましいが、それができない以上、せめて名を刻みここで戦争のない世界をどうやってつくればいいかを考えてほしい」と共著書『争点・沖縄戦の記憶』（社会評論社）で語っている。

　加害者と被害者の名がともに刻まれることで、戦争を美化することにつながらないかと危惧する声もあった。だが石原さんは、こう考える。

「戦争で死んでいった人たちの名前を刻銘することは、まず戦争の事実を記録することである。当時の敵兵や戦争指導者の名前も刻むことで、いったん戦争が起これば戦勝国にもこれほど多くの犠牲者が出ることを知る。政府・国家は戦争の勝利を喜んでも、遺族にとっては悲しみしか残らないので、戦争というものがいかに虚しいものであるかを伝えている」

　記録である以上、加害者の名も、加害者であることを伝え残すために刻まれるべきだというのである。

　このようにすべての戦没者を刻銘した碑を、「沖縄の人たちの寛容さを見るようだ」と讃える人がいる。しかし石原さんはそのような安直な美化に反発する。

「敵味方の区別なく戦死・戦没者を刻銘したのは、すべての戦争を否定する精神の発露であり、生きとし生けるものすべての生き物の生命を慈しむ『命どぅ宝』（命こそ宝）という沖縄の人の精神が表出したものである。『平和の礎』を建設した沖縄の心は、戦争につながる一切の動きに『寛容の心』を持っていない」

　命どぅ宝。命あるすべての者に寛容であれ。だからこそ、すべての者を不幸に陥れる戦争に対しては決して寛容になるな。さまざまな国の人びとの死を並べることではっきりと伝えることができる、インターナショナリズム。沖縄から世界に向けた力強い提唱ではないだろうか。

　最後にまた、読谷のチビチリガマの話をしたい。

　2017年9月、全国紙を賑わせた事件があった。4人の少年がガマを荒らしたのだ。

「面白半分だった」「肝試しをしようと思った」。ツイッターか何かで知り合ったという互いに知らない者どうしの少年たちは、金城さんと遺族が製作した碑を壊し、千羽鶴を引きちぎり、ガマの中にまで入って遺品やお供えを荒らした。チ

●刻銘碑には24万1,525人の名が刻まれている（2018年6月現在）。米・英・台湾・朝鮮民主主義人民共和国・韓国の犠牲者の名も

ビチリガマは1987年にも右翼を名乗る者たちによって荒らされたことがある。これが二度目だった。「三度殺された」と遺族たちは憤りと悲しみに震えた。

少年たちの保護司になるよう頼まれたのが、金城さんだった。「なんでおれが加害者のガキの面倒を見なきゃならんのだ」と最初は拒んだという。が、少年らも艦砲射撃のいくさを生き抜いたおじぃ、おばぁの孫。少年の一人は、金城さんの父親が志願して戦争へ行った時と同じ年齢であり、妻も子もいること、家庭環境にも恵まれずに育ったことを知り、かつての自分たち家族を見ているようだと思ったそうだ。金城さんには17歳の孫もいる。迷った末、保護司を引き受けることにした。

「沖縄は本土に比べて離婚率が高いし、母子家庭で貧困の子どもも多い。少年犯罪も多い。少年たちの罪を追っかけるだけでは終わらんですよ」

金城さんは少年たちに野仏を作ろうと

誘った。罪は消えない。一生抱え込んでいくものだが、まっとうな人になるための試練である。その道のりを君たちとともに歩んでくれるのが野仏である……と。少年たちは遺族に謝罪し、沖縄戦やチビチリガマであったことを学ぼうとしているそうだ。

　本土の報道は非常識でけしからん子どもたち、戦争の風化を嘆く声で終わってしまっている。でもこれだって沖縄が背負っている問題であり、つきつめれば本土の問題である。

「この子たちの行く末を見てみたい。どういう形で沖縄の未来にかかわっていくのか。もう80歳になりますが、やれることはやっておきたい」

　アメリカだけでなくむしろ日本政府から理不尽な扱いを受けている沖縄で、まだいく戦争は終わっていないという人が多い。先島諸島の防衛強化、辺野古の新基地建設などが進み、いままた戦争の準備がされようとしている沖縄。もし有事があれば、命どぅ宝の島が再び戦場になりかねない。あとから来る人たちのためにやれることをやるのは、金城さんら沖縄の人だけの話ではない。いまを生きている私たちみんなの課題だろう。

●アガリン壕のあとに建てられた忠霊之塔

　沖縄も朝鮮半島も、私たちを映す鏡ではないかと思う。そこに自分たちが映っている。生きながら、鏡をしっかりとのぞきこまなくては。

チビチリガマ
沖縄県中頭郡読谷村波平

恨之碑
沖縄県中頭郡読谷村瀬名波

あとがき

戦後70年を迎えた、2015年夏。あの戦争で亡くなった人びとが長い旅に出た。

北海道で戦時中に強制労働で亡くなった、朝鮮半島（韓国）出身者の遺骨115体が故郷に帰る旅だった。「遺骨奉還」と名づけられたその旅では、北海道へ連れてこられた3500キロの道のりを逆向きに10日間かけて帰っていくことになっていた。札幌を出発して船で苫小牧港から茨城の大洗港へ、そのあと陸路で東京、京都、大阪、広島などに立ち寄った。下関港から船に乗り、海を越えて9月18日の朝、釜山へ。70年ぶりに故郷に降り立った。前作で北海道の遺骨発掘を取材したご縁で、私も東京の築地本願寺でこの遺骨奉還を見送った。こうして一部の遺骨は故郷に帰ることができたが、日本中にはまだ数え切れないほど残されている。朝鮮民主主義人民共和国出身の死者は、国交がないためにまだまだ把握されていないし、遺骨も返還されないままである。

飛行機ならわずか1~2時間で着く時代に、あえて70年前と同じように何日もかけて行われた帰国の旅が、「戦後70年はなんだったのだろうか」との問いを改めて投げかけた。いや、問わねばならないのは、それ以前に遡って武力をともなって東アジアへ進出した「明治150年」とはなんだったのかということになる。すでに明治の時代にこの国は、アイヌや沖縄を併合し、植民地を求めて海外へ出ていったのだ。日清・日露戦争でも皇軍に土足で踏み込まれて戦場になったのは朝鮮・中国だった。その行きつく先にはアジア・太平洋戦争があった。私たちは周辺国に言われるまでもなく、もう一度、自ら苦い記憶をたぐりよせなくてはならず、とてもじゃないが「明治150年」などと浮かれている場合ではないだろうと思い、巻頭には年表も添えた。

前作『ルポ　悼みの列島　あの日、日本のどこかで』からわずか8年の間に、私たちの社会は大きく変わった。ひとことで言えば「寛容さをなくした」ということだろうか。だれもが思い当たるのは、街にあふれるヘイトスピーチである。とくに在日コリアンに対するヘイトはすさまじい。差別の撤廃を願うマイノリティの声に、狂暴な罵声が浴びせられる。書店に積まれる反中嫌韓本、ニッポン人はすごい、優れているという内向きなナショナリズムや自国ファーストなどを、メディアの言論でも耳にすることがある。友好、対話、近隣国との交流などこれまでなら口にせずとも共有できていた価値観が「きれいごと」と揶揄、冷笑される向きもある。

戦争の記憶からも、寛容さ、被害者への思いやりが失われている。天理市の「旧陸軍柳本飛行場」では、公有地に建てられた強制連行や「慰安婦」がいたことを示す説明板が、作成した市民グループが知らないうちに、ともに作成に関わった市や教育委員会によって撤去されていた。「群馬の森」では、やはりともに追悼碑を作成、設置した群馬県が碑の設置期間更新を認めず、撤去を求めてきた。こちらはまだ裁判が続いているが、いずれも自治体が右翼の圧力に屈したためこんなことになった。旧陸軍柳本飛行場では、「政府の見解に沿っているので」と申し開きをする自治体に対して、30年、40年かけて郷土史を調べ上げた地域の人たちが、「地域の歴史を国家の都合で決めるなんて、そんなアホなことはない。地元のことは地元がいちばんよく知っている」と憤慨する。そのとおりだろう。

ありのままでなく、自国に都合のいい話だけを語り伝えることになれば、それは日本人にとっての誇りであるどころか大切な歩みを見失わせることにもなる。正しい歴史を与えられず根無し草として生きるのは、私たちにとっても不幸なことではないだろうか。

とはいえこの間、好ましい変化がまったくなかったわけではない。たとえば中国人被害者と日本企業との間の和解は、花岡（鹿島との間で2000年に成立）に端を発し、広島安野発電所（西松建設）でも成立し、さらに三菱マテリアルが被害者と和解して謝罪と基金設立を行うことになった。日本政府が応じようとしないなかで和解を実現させたのは、企業にとってやむにやまれぬ事情があったのかもしれないが、戦争責任を果たす第一歩となった。

国と国がそれぞれの思惑で戦後処理をすませたとしても、実際に被害をこうむった一人ひとりの戦争は終わらない。心にはいまも癒えない傷を抱え込んだままだ。少しでもその存在に目が向けられ、尊厳が回復されることを願う。

最後になりましたが、雑誌連載の機会を与えてくださった『自然と人間』（2018年3月廃刊）、『季刊　社会運動』その他の媒体の編集者のみなさん、いつも辛抱強く付き合ってくださる社会評論社の板垣誠一郎さん、アドバイスをくださった友人知人へ、各地で大切な土地の記憶をご教示いただいたすべての方々へ、心から感謝申し上げます。

（本書には資料の引用などで不適切な表現もありますが、原文のまま使用しています。）

参考資料

竹内康人著『明治日本の産業革命遺産・強制労働Ｑ＆Ａ』社会評論社、２０１８年
浅川保著『偉大な言論人　石橋湛山』山日ライブラリー、山梨日日新聞社、２００８年山梨県戦争遺跡ネットワーク編『山梨の戦争遺跡』山梨日日新聞社、２００１年
浅川保、春日正伸、久保田要、今津佑介編著『甲府連隊の歴史と戦場の記憶』山梨平和ミュージアム―石橋湛山記念館、２０１２年
桐畑米蔵著『残年蹣跚』きかんしコム、２０１６年
浅川地下壕の保存をすすめる会編『学び・調べ・考えよう　フィールドワーク浅川地下壕』平和文化、２００５年
日吉台地下壕保存の会編『学び・調べ・考えよう　フィールドワーク日吉・帝国海軍大地下壕』平和文化、２００６年
登戸研究所保存の会編『ひみつにされた登戸研究所ってどんなとこ？』てらいんく、２０１４年
鉱山の歴史を記録する市民の会編『鉱山と市民　聞き語り日立鉱山の歴史』日立市役所、１９８８年
「記憶 反省 そして友好」の追悼碑を守る会（朝鮮人・韓国人強制連行犠牲者追悼碑を守る会）編・発行『群馬における朝鮮人強制連行と強制労働』２０１４年
高野眞幸著『戦争と奈良県―天理を中心に―』奈良県での朝鮮人強制連行等に関わる資料を発掘する会、２０１６年
朝日新聞社編著『イウサラム　ウトロ聞き書き』議会ジャーナル、１９９２年
石原昌家・大城将保・保坂廣志・松永勝利著『争点・沖縄戦の記憶』社会評論社、２００２年
下嶋哲朗著『沖縄・チビチリガマの〝集団自決〟』岩波ブックレット、１９９２年
アクティブ・ミュージアム「女たちの戦争と平和資料館」（ｗａｍ）沖縄展プロジェクト・チーム制作『沖縄の日本軍慰安所と米軍の性暴力』ｗａｍカタログ10、２０１２年
阿波根昌鴻著『命こそ宝　沖縄反戦の心』岩波新書、１９９２年
財団法人わびあいの里『伊江島 平和ガイドマップ 解説書』２００５年
原朗著『日清・日露戦争をどう見るか』ＮＨＫ出版新書、２０１４年

訪問先

・本書収録

[長崎県・軍艦島、伊王島]……廃墟の島の歴史実話
[山梨県・甲府の空襲]……たなばたの夜、空から降ってきたものは
[京都府・大江山ニッケル鉱山]……日中韓の若者たちと訪ねた、鬼伝説の山
[長野県・満蒙開拓平和記念館、平岡ダム]……信州から見える、さまざまな戦争
[東京都・浅川地下壕、神奈川県・日吉台地下壕、登戸研究所]……首都圏に置かれた、軍の重大施設
[広島県・安野発電所]……うぐいすの鳴く山里で
[福島県・常磐炭鉱、茨城県・日立鉱山]……フラガールと炭鉱のまち
[兵庫県・神戸空襲]……『火垂るの墓』と人びとの受難
[愛知県・名古屋三菱朝鮮女子勤労挺身隊、富山県・不二越朝鮮女子勤労挺身隊]
……海を越えてきた少女たちは、いま
[静岡県・土肥金山、白川の鉱山]……温泉の湧く、西伊豆の金山で
[群馬県・月夜野事件、吾妻線]……うるわしい地名の陰に
[兵庫県・相生旧播磨造船所]……瀬戸内海に面した街の、あの時代
[千葉県・千葉市空襲、大網白里の戦跡]……フィールドワークでわが街を知る
[奈良県・柳本飛行場、旧生駒トンネル]……郷土史の灯を消さないために
[神奈川県・東神奈川、千葉県・船橋、習志野、八千代]……大震災のあとに
[京都府・ウトロ、京都市内]……京の都、長い歴史の中で
[沖縄県・伊江島]……島のいくさ世
[沖縄県・チビチリガマ、恨之碑、平和の礎]……つながるインターナショナリズムこそ

『ルポ悼みの列島』（2010年刊）収録

[神奈川県・相模湖ダム]……レジャー湖の水底で起こっていたこと
[広島県・大久野島]……地図から消された、毒ガスの島
[京都府・舞鶴　浮島丸事件]……８月は、もうひとつの鎮魂の月
[北海道宗谷郡・猿払村]……骨を掘る、若者たち
[長野県・松代大本営]……ひとの命の重さが計られた
[千葉県・館山]……「首都防衛」の名残りを歩く
[千葉県・かにた婦人の村]……「従軍慰安婦の碑」は語る
[東京都・陸軍軍医学校跡地]……大都会のミステリー、人骨の謎を追う
[長崎県・岡まさはる記念長崎平和資料館]……異国で被爆した人びと
[大阪府・タチソのトンネル群]……朝鮮半島との古い交流と、あの戦争
[横須賀市・貝山地下壕]……Ｙデーに備え、地下壕を掘った
[秋田県・花岡事件]……住民の心にも残る「とげ」
[埼玉県・中帰連平和記念館]……日中友好と反戦平和のために
[京都市・丹波マンガン記念館]……鉱山で生きた人びとの記録
[神戸港　平和の碑]……心に刻み、石に刻む
[栃木県・足尾銅山]……公害と労働運動、そして強制連行
[東京　アクティブ・ミュージアム「女たちの戦争と平和資料館」（ｗａｍ）]……行動するミュージアム
[東京都　東京大空襲]……同じ悲劇をわかちあうことの意味
[山口県宇部市・長生炭鉱]……破れた海の底に眠る人びと
[愛知県・瀬戸地下軍需工場]……それでも飛行機をつくろうとした
[東京都・関東大震災]……語れる人がいなくなった、その後も
[高知県・平和資料館　草の家]……抵抗の歴史から生まれたもの
[福岡県・八幡と筑豊]……鉄と石炭と戦争

著者紹介

室田 元美（むろた もとみ）

1960年神戸市生まれ。関西学院大学社会学部卒業後、女性誌のライター、FMラジオ番組の旅をテーマとした構成作家を経て、各地を旅して戦争に関する取材を行っている。著書『ルポ悼みの列島　あの日、日本のどこかで』（社会評論社、2010年）で「第16回平和・協同ジャーナリスト基金賞 奨励賞」受賞。『いま、話したいこと　東アジアの若者たちの歴史対話と交流』（子どもの未来社、2014年）、共著『若者から若者への手紙　1945←2015』（ころから、2015年）他。

ルポ土地の記憶

戦争の傷痕は語り続ける

2018年11月30日初版第1刷発行
著／室田元美
発行者／松田健二
発行所／株式会社　社会評論社
〒113-0033　東京都文京区本郷2-3-10　お茶の水ビル
電話　03（3814）3861　FAX　03（3818）2808
印刷製本／倉敷印刷株式会社
http://shahyo.sakura.ne.jp/wp/（検索「目録準備室」）
ご意見・ご感想お寄せ下さい　book@shahyo.com

社会評論社最新情報はコチラ